女子人生のエッセンス

一糸 一代

The essence of women's life

文芸社

プロローグ

娘・妻・嫁・母・これからの私！

私の夫は、どっぷりと自己陶酔に浸ることを頻繁にした。
私に対する共有、理解、寄り添う思いや気持ち、協力する行動もない。
自分に都合の良い屁理屈《へりくつ》を並べているだけなのに、
きちんと説明しているのだと大いなる勘違いもする。
そして、その理不尽な主張が、私を追い詰めていった。
行き場を失った私を、夫は、
「自分の気持ちを理解してほしい」とさらに追い詰めた。
トドメに姑のことに関しては、
「おふくろにはおふくろの考えがある」と言って、
私を地獄へと落とした。

私の心も理解してほしい。
苦しい、悲しい、辛い……。
どうしたらいいかわからずに、ただ泣いてばかりいた毎日。
この夫と、この姑の地獄から、誰か私を救いだして！
この世界から抜けだしたい、楽になりたいと、
常にマイナスな気持ちでいっぱいだった。

現状を変えたい――。
でも地獄から自分の足で一歩踏みだす自信が、私にはなかった。
そんなとき、私の心、地獄の現状に理解を示してくれた人たちには、
ほんとうに救われた。
そして……
現状を変えられるのは、自分だけだということに気づいた。
自分の頭で考えたからこそ、自分の足で歩くからこそ、

地獄から抜けでることができると気づいた。
さあ、諦めずに踏みだしてみよう。
自分が変われば、何かが変わると思った。

もう一つ、私が踏みだすきっかけになったことがある。
もし、自分が余命半年と宣告されたら、
何をしたいのかを考えたのだ。

自分の気持ちに優先順位を付けて、順番にチャレンジしてみよう。
「努力」という準備を続けてみた。
すると、素敵な人たちと巡り合うことができた。
そしてカチカチだった心がふわっとなって、
新しい景色が見えてきた。

そして人生が変わってきた。

一度きりの人生――。
自分の人生があとどれくらい残っているのかはわからないけれど、
生きている間はちょっと準備をして、
笑顔で無理せずチャレンジしていこうと思う。
これからの楽しい出会いと新しい景色が楽しみ！
ワクワクしている。

一糸 一代

［目次　女子人生のエッセンス］

第4章　娘の責任……115

第1章　妻の忍耐

若さが未来を見損じる

私が結婚したのは、20歳のときだった。今から40年以上も前の話だが、それでもまわりの友人たちから比べても、かなり早いほうだった。私は高校を卒業して、父のツテで銀座にある大手機械メーカーの代理店の東京本社に入った。華やかな都会の中心地、憧れの街で働く、花のＯＬ生活を送ることになる。そして、そこで出会った7歳年上の同じ会社に勤務する男性社員と2年間のお付き合いの末に結婚をした。社内恋愛、そして寿退社。まぁ、当時としては、よくある都会の女性の結婚パターンではある。

ちなみに時は１９７０年代の後半。高度成長期の真っ盛り、日本の経済は絶好調で、とても良い時代だったのだ。それでも女性の社会的な地位は今と比べればかなり低く、会社で働く女性の仕事は、電話番や単純な事務処理、お茶くみなどばかり。若さと可愛らしさで会社を華やかに明るくする女性社員が、もてはやされた時代であった。

18歳にして憧れのＯＬとして会社勤めをはじめた私は、まだ世間知らずではあったけれど、社会が求めているものはとりあえず理解をしていた。

私の席は職場の出入り口近くにあったため、デスクでコツコツと事務作業をしながら、営業に出ていく男性社員には明るい声で「行ってらっしゃい」と声をかけ、戻ってきた社員には「お帰りなさい」と再び笑顔で声をかけていた。

外回りはたいへんだなぁ、挨拶くらいはしっかりとしなくっちゃと、社会人としては常識の範囲内での対応であったと思う。

それが心に響いてしまった男性がいた。

(いつも、僕に明るく声をかけてくれる女性社員がいる。自分に気があるに違いない♡)

私としては、すべての男性社員に分け隔てのない対応であったと、今でも確信している。彼を特に意識していたつもりはない。しかし私が放ったらしい幻のキューピッドの矢が、彼のハートにズドンと刺さってしまったようだった。

入社して半年ほどたった頃だろうか。彼からデートに誘われた。

「中村紘子《ひろこ》のコンサートのチケットがあるのだけれど、一緒に行きませんか」

私としては青天の霹靂《へきれき》の出来事であった。なぜなら彼のことは会社の先輩社員としてしか認識がなかったからである。しかもかなり年上で、結婚して子どもが二人くらいいてもおかしくないと、勝手にイメージしていた。当時、彼は25歳であったのだが、社会に出たばかりの初々しい18歳の女の子にとって、すっかり世慣れたオジサンにしか見えなかったとしても、私に罪はないだろう。

へぇー、この人、独身だったのか。と、まず認識。その上で、クラシックのピアノコンサートに誘ってくれるなんて、やはり大人の男性は違うわ、とちょっと心が揺らいでしまった。そしてデートの誘いを受けてから、自然と一緒に出かけるようになり、本格的なお付き合いがはじまった。

その彼こそが、その後に40年以上も連れ添うこととなる夫のアッくんであるわけだから、私の人生の分岐点はここにあったと考えられる。なぜ彼と結婚したのか——。今振り返って言えば、ひと言で収まる。〝若気の至り〟である。

若さゆえに多くのことを見誤った。

まず、アッくんはとても物知りであると思った。よく考えれば当然のことである。私よりも7年も長く生きて、社会経験も豊富であれば、私の知識よりも多くのことを蓄えているのは、彼に限ったことではないはずだ。でも、したり顔でいろいろな話をされると、「ああ、この人って知識人だわ」と思ってしまうから怖い。

ちなみに年齢を重ねていくほどに、互いに人生経験が増えていくため、この蓄えの差は少なくなっていく。もちろん個の才や努力もあるから一概には言えるものではないが、年上の男性に「この人、スゴイ！」と思っても、実はそれほどでもないことをあとで知る、ということも少なくはないはずである。

7歳年上のアッくんは、今の感覚でいえば、まだ社会人としては新人の部類に入るのではないだろうか。しかし当時は25歳といえば十分に立派な社会人であり、しかも男性といえどもあの頃は十分に結婚適齢期であった。そろそろ結婚を焦りだしていた時期なのだとも思う。だから存分に大人の男をアピールして、ここはなんとか結婚まで いかなければという強い思いもあったのだろう。

その罠《わな》に私は見事にハマってしまった。大人の男を見る目を養うには時間も足りず、18で出会った大人の男性に結婚の意志をもって迫ってこられてしまい、私はまさに袋のネズミ状態だったのである。

頼りがいのある人。きっと私を守ってくれる。立派な社会人だから、経済的にも安定しているに違いない。結婚するならこの人だわと、決意を固めてしまった私……。

もちろん若くしての結婚が、すべて失敗だと言ったりはしない。いい出会いをして、すばらしい相手に恵まれることもあるだろう。ただ若さ故、社会経験が浅く、人を見る目が養われていないその時期に、結婚という自分の未来に関わる大事を決めてしまうのはかなりのリスクだと、今は思うに至っている。

最近は晩婚化がどんどんと進んで、思慮深くなった大人の男女が、慎重に慎重を期すぎて、タイミングを見誤ってしまうのもまた危険ではある。でもとりあえずは自分の目で人を見極められると自分に自信を持てるようになってから、結婚にチャレンジするのがいいのではないかなぁと、私は自分の経験を踏まえて思ったりするのである。

妻の夢と夫の理想

誰でも、結婚にはそれなりの夢を描くものだろう。若かった私が結婚でまず思い描いたのは、これまでは両親の庇護《ひご》の下にあったけれど、そこからようやく抜けだして自分の家庭が作れるということだった。

「結婚は家同士がするものではなく、二人がするものだ。俺たちの家庭を作ろう」と、アックんは結婚前に言った。

結婚とは大好きな人と一緒になって、これからは二人で協力しながら新しい家庭を作っていくこと、自分の思い描く家庭を二人の力で作っていくことだと思っていた。それは私にとって、とてもワクワクと心躍るものであった。

ところがアックんは、結婚してまだ間もない頃、私に自身の人生観と妻の理想像を披露した。

「昔は人生50年と言われていた。僕も55歳くらいで死ぬと思う。だからキミは僕が死んでからも一人で生きていかなくてはいけない。そのときはちゃんと稼げるようになってほしい。それを覚悟しておいてくれ」

私はとても驚いた。結婚生活がはじまったばかりで、これから一緒に生きていこうというときに、彼は何ということを言いだすのだろう。

アッくんには、私を、そして未来の家族を支えていこうという男としての気概というようなものがカケラもなかった。

彼の考えはこうだ。自立してバリバリと働く女性も好きではない。妻は夫に従っていればいい。でも夫が困ったら助けるのも妻の役割だ。強いのも嫌だけど、弱々しく頼られるのも嫌。自分は自由に生きたいから、妻はそれを理解して、自分のことを助けるのが当然だ。もしかしたらそれは男の本音なのかもしれない。しかも若い私なら、それに従って理想の妻となってくれるものだ、ということらしい。

でも私にだって意思はある。この人は、私の考えなど無視して、自分のことだけを考えているのではないのだろうか。なんて自分本位なのだろうかと思った。

そのときは、夫の言うことに100パーセント納得したわけではないけれど、わざわざ反論して波風を立ててもいけない。結婚生活はこれからだ。二人で話し合いながら、一緒に幸せな家庭を築いていけばよいのだからと、無理やり自分を納得させるしかなかった。

それでもこのときの驚愕は一生忘れることができない。そしてその後、アッくんとの間にさまざまな諍《いさか》いを起こす度に、このときの彼の言葉を思い出す。その度に私は静かに溜息をつくのである。

私たちは私の実家からそれほど遠くない場所に、アパートを借りて新居を持った。2DKのお風呂付き。新婚にとっては十分に恵まれたものであろう。私は両親から、結婚が決まったときに「これからは旦那さんを頼りに生きていきなさい」と言われていたし、仕事をやめて専業主婦になったからには、彼の考えはともあれ、妻としての仕事を全うしようと努力した。

私は夫の給料でやりくりをするのが妻の務めであると張り切った。アッくんはきらんと私に給料を渡してくれたが、そのときは手取りで10万円ほどであっただろうか。大卒の5年目で、当時としては一般的ではあったと思うが、実家暮らしでもらった給料を自由に使っていた身としてはかなり辛い。

アパートの家賃が4万5千円で、アッくんにお小遣いを2万円から3万円ほど渡していたと記憶する。残りは3万円に満たないから、細々と雑費を差し引くと、1カ月の食費はわずかで、足りなくなればボーナスで補塡するといったギリギリの生活だった。けれども妻になったからには、なんとかせねばと踏ん張ってがんばった。

ありがたいことに、実家の母もこうした若い世帯の苦労はわかってくれて、実家に寄れば家にある食料を譲り受け、母と一緒に買い物に行って母の財布からお金を出してもらったりもした。

親元を離れて独り立ち、と偉そうなことを言ってみても、両親にはずいぶんと助けてもらった。まだまだ甘えていたのである。

20歳の新妻は、見た目にもまだ頼りなかったのだろう。でもそう見られるのが嫌で、とにかく妻らしくありたいと思っていた。たとえば週末などには、夫の友人を招いてホームパーティなどを開いたこともあった。日々節約をしていたものの、そのときには腕をふるって手料理などを振る舞った。ふだんは食べられないような料理を並べてもてなしたのだが、そうした姿もまた、誤解を招く。

「いっちゃんはまだ若くて、なんにも知らないから、きっと好きなもの何でも買って、月末にはお財布を逆さにして、『お金なくなっちゃった』なんて言ってるんじゃないの」

などとアッくんの友人が笑いながら言ったりする。

若いから何もできない。世間知らずで夫に甘えて生きている。そんなふうに見られると、本当に悲しくなる。だからなんでもきちんとやろうとがんばった。小さなアパートの部屋で、掃除、洗濯、食事の準備と、すべてを完璧にこなすことが専業主婦だと考えた。

今思えば、ずいぶんと肩に力が入っていたのだけれど、それが妻の役割だと思っていた。夫がなんと言おうとも、当時の私はやはり女というものは結婚をして、夫に付いていけば、幸せな一生があるとただ漠然と信じていたのだろう。

信頼できる夫がいれば、間違いはない人生が送れるはずだ。このあとの何十年もの間、まっすぐに敷かれた人生のレールは、多少の起伏やカーブはあっても、きちんと真面目に乗っていれば、ちゃんとゴールまで辿《たど》り着けるはずと、なんの保証もないのに信じていたのだから、やはり私は、世間知らずと言われても仕方がないのかもしれない。

まさかこれからの人生が、あんなにも山あり谷あり、奈落の底に落ちそうな急坂ありの、ジェットコースターの如き人生になるなんて、まだ20歳の私にはまったく想像もできなかったのである。

一緒に暮らして発覚！　夫の実態――

付き合っている頃には気づかなかった、夫の衝撃の事実が発覚した。

最初、あれ？　と不審に思ったのは、新婚旅行から帰ってきた日のことであった。

私たちはアッくんの地元である名古屋で結婚式を挙げ、そのまま沖縄に新婚旅行に出かけた。そして新居のアパートへと戻り、二人の暮らしがはじまった日のことだ。

私は長旅で疲れていたけれど、妻らしく仕事をしようと家に戻ってすぐに、お風呂を沸かした。明日からは仕事があるから、ゆっくりと湯船につかって旅の疲れを癒やしてほしいと思ったからだ。

「お風呂、沸いたよ。先に入って」

部屋で横になってテレビを観ながらくつろいでいるアッくんに声をかけた。

「いいよ、汗かいていないから、今日は」

「ええっ」

私は思わず聞き返した。季節は5月の過ごしやすい時期だったが、私たちは常夏の沖縄から帰ってきたばかりである。長旅でもあったから、汗もかいたし、汚れもついているだろう。気持ち悪くはないのかと耳を疑うが、アッくんは知らん顔でテレビを観ている。

二人で暮らしはじめた初日からもめるのも嫌だったので、私は仕方なくそのまま彼を放置して、自分だけゆっくりお風呂に入った。

「疲れているのかな。まあ仕方ない」

そう自分に言い聞かせてその日は終わった。

翌日、仕事から帰ったらすぐにお風呂に入りたいだろうと、ちょうどいいお湯加減にしてアッくんの帰りを待っていた。やっと仕事から戻ってきた彼に私は優しく言った。

「お疲れ様。お風呂にする、それともご飯？」

「今日は風呂いいや。飯にする」
「???」である。今日はって、昨日も入っていないじゃない。この人は一体何なんだ！

この日から、私の葛藤ははじまった。翌日も、その翌日も、アッくんはお風呂に入らなかった。1週間経っても、10日経ってもである。

なんとうちの夫は、超がつくほどの風呂嫌いであった。私が無理やり言って、2週間ほど経ってやっと1回入った。しかし5分も経たずして出てきた。髪の毛は濡れていたが、シャンプーをちゃんと使って洗髪したのだろうか。体を石鹸《せっけん》で洗ったかどうかも定かではない。

私は恐る恐る、これまでもずっとそうだったのかと尋ねると、「そうだけど何で?」との答えだった。

ということは、独身時代もずっとそうだったということだ。そのことになぜ私が気づかなかったかといえば、アッくんは脂性ではないから。どちらかといえば乾燥肌だ。何日も入らなくても、髪の毛がペチャリとなることはなく、なぜかフワフワとしている。不思議である。しかしやはり1週間も入らなければ、臭ってくる。

「それも体臭のうちだ、迷惑はかけていない」とアッくんは言う。

確かに私は気づかなかったけれど、そういった問題であろうか……。これは社会人としてのマナーではないだろうか。

驚きである。戦時中でもない、家に風呂がないわけでもない。それでも彼は、面倒だと言って風呂に入らない。私が黙っていたら、アッくんはずっと風呂に入らずに、生き続けるのであろうか。

お風呂に入らない夫と一緒に暮らすのは、かなりのストレスだった。しかし子どもでもないから、無理やり入れるわけにもいかず、それだけでも十分に私のイライラは募った。結局、二人の妥協案として、毎日下着を替えることを私はアッくんに約束させた。私が用意したものを穿き替えればいいだけだから、風呂に入るよりは簡単だ。これが彼にできるギリギリの譲歩であった。

当たり前のことを当たり前にできない夫。思い描いた夢の新婚生活に、最初の大きな亀裂が走ったのである。

夫が会社に行かないなんて！

赤の他人である人間と、一緒に暮らすのが結婚である。その人がこれまでどのように暮らしていたか。どんな趣味嗜好《しこう》を持っているのか。たとえ結婚前に数カ月、あるいは数年付き合ったとしても、いざ一緒に暮らしてみて初めてわかることは多い。最近は結婚のお試し期間として、同棲をするカップルも多いが、なるほどそれには一理あると、今なら思える。

しかし私が結婚をした昭和50年代のはじめには、同棲などとんでもない、それはふしだらな男女がやるものだというのが一般常識であった。結婚式を挙げて、初めて一緒に暮らした男女が、互いに相手を思いやりながら、二人の暮らしのルールを作っていくのが、結婚のはずであった。

ところがアッくんの〝風呂に入らない〟という実態を知ったのもつかの間、さらなる出来事が私を襲った。その予兆からまず書こう。

アッくんは帰宅時間が遅い。しかし仕事が忙しいわけではなかった。仕事はほぼ定刻で終わるのだが、仕事が終わると、会社の仲間たちと雀荘《ジャン》に行き、たっぷり2〜3時間ほどマージャンをしてから帰ってくるのだ。そんな日が週に何日もある。

そうして帰りは夜の11時頃が当たり前になっていた。雀荘を出ると駅から帰宅の連絡があり、それに合わせて私は夕飯を用意する。専業主婦の務めと思い、電子レンジのない時代だったが、アッくんの帰宅時間に合わせて毎日温かい夕食を用意した。家に帰ると晩ご飯を食べて、当然のごとくお風呂には入らずに、深夜遅くまでテレビを観ている。私は先に布団に入ってしまうが、気がつくと深夜の2時でも3時でも、まだテレビを観ているということがあった。

寝るのが遅いので、朝起きられない。そのうちに私が何度声をかけても、体を揺すっても、頑として布団から出てこないような日が徐々に増えていった。

「会社はどうするの？　電話しようか？」

「今日は立ち寄りにして、昼から出ていく」

彼は営業の仕事をしていたので、出社時間に融通が利くほうなのは確かだが、それでも会社に嘘《うそ》を言ってまで寝ているとはどういうことか。私がアッくんと同じ会社に勤めていたときも、たまにお昼頃に出社することもあったが、どこかに立ち寄っているのだとばかり思っていた。まさか内情がこんなふうだったとは……。

さらに状況は悪化して、ようやく昼頃に会社に出ていく日もあれば、そのまま休んでしまうことも続いた。

新婚なのに、こうもやる気を出せない夫がいるだろうか――。

私はもう、悲しくなって、泣きながら「会社に行ってほしい」と訴えた。しかし、聞く耳持たず。そのうちすっかり昼夜逆転の生活になり、ほとんど出社拒否状態になってしまった。

「こんなに休んだら、お給料がもらえない。首になってしまう」

そう言っても、彼は平然としている。

「まだ有給もあるし、大丈夫。給料、ちゃんと入っているだろう」

今の時代だったら、すぐにも首になっているのではないだろうか。この時代は会社に余裕があったのか、アッくんが言うとおり、確かにほとんど働いているかいないかもわからない社員であったのに、給料だけはきちんと払ってくれていたのだからありがたい。それでもこの状態が続けば、いつか首を切られても、文句は言えないのである。

最初はこんな状態になった夫が恥ずかしく、誰にも相談することができなかったが、二人で狭い部屋の中で繰り返すやり取りも、あるとき限界に達してしまった。どうしようもなくなって、結婚後もたまに遊びに来て親しくなっていたアッくんの大学時代の友人に相談した。するとわざわざ自宅に足を運んでくれたのだ。

いい大人が、夜更かしをして明け方に寝て、昼間は布団の中に入りきり。そんな自分を同級生の前にさらされて、彼も恥ずかしくはないのだろうか。そうは思ってみたけれど、案外アッくんは平気なようで、友人の話を平気な顔をして聞いていた。

「お前ももう結婚したのだし、責任というものがあるだろう」

「俺だけの責任？　じゃあ、いっちゃんも働けばいい。泣いてばかりいないで」

などと反論する。

(ええ、結婚したら専業主婦になるのは、あなたも納得していたじゃない)

心でそう思ったけれど、ここで反論しても仕方がない。

「わかった。私も働くから、あなたも働いて」

せっかく来てくれた友人の手前、私も何もしないではいられないと思った。

その後、友人の説得もあって、どうにか気持ちを切り替えて、再び会社に行くようになってくれたが、どこかふわりとして頼りない。本当にこの人、大丈夫だろうかとまたまた不安が心をよぎる。仕方がないので私も、友人の紹介で週に3回、渋谷のデパートに入っている手芸用品店に働きに出ることにした。家で気持ちをイライラとさせるよりも、外に出ているほうが気分も晴れる。私も気持ちを切り替えた。

寿退社、専業主婦、かわいい新妻、心に描いた憧れの新婚生活の夢は、こうしてわずか半年余りで崩壊してしまったのである。

成り立たない夫婦の会話

確かにこの人と結婚したい、そう思っていたはずなのに、結婚をしてから半年を過ぎる頃には、私は離婚をしようとまで思いつめていた。お風呂に入らない夫、会社に行きたがらない夫。それだけでは離婚の理由にはならないのだろうか。

誰かに話を聞いてもらいたいと思った。でも地元の友人たちはまだ学生だったり、社会に出て働きながら、独身生活を謳歌《おうか》していた。みんなが輝いて見えた。それなのになぜ私だけ……という思いもあり、きっと私の気持ちなどわかってもらえないと、現状を打ち明けることはできなかった。

思い余って、両親に話をした。お風呂に入らない話はしていたが、まさか私が離婚まで考えているとは思ってもいなかったようだ。両親としては、結婚してからまだ1年も経たずに、娘が離婚をするなどとは、考えたくもなかったようだ。「困ったことだ」と言いながらも、「もう少し我慢をしなさい」で終わってしまった。

誰も私を助けてはくれない。そんな気持ちを奮い立たせて、夫に直接話をしたこともある。「お風呂に入ってほしい」「きちんと仕事に行ってほしい」。当然のことを言っているのだと私は思った。だがそれも暖簾《のれん》に腕押し状態である。

実はアッくんには一つ、得意技があったのだ。それは議論好き、というパートナーとしては最悪の、面倒くさい得意技だ。

お付き合いをしている頃は、政治や芸術などに対して、いろいろとよく話すアックんを「彼って頭がいい」と素直に思っていた。しかしこれが一緒に暮らしてみると、実はとんでもなく薄っぺらなものだったとわかった。たとえばテレビの情報番組などでコメンテーターが語っていることを、翌日、さも自分の意見のように語ったりする。付け焼き刃の知識ばかりなのである。しかも話しだすと、自分の言いたいことだけを熱く語るばかりで、他人の意見を聞こうとはしないので、まったく会話が成り立たない。こちらが話しかけたばかりに、イライラが募る状態になってしまうのである。

ときには私がちょっとでも意見を言ったり、反論したりすると、彼の負けん気に火がついてしまうこともある。

「キミは○○って言ったけど、それは違うと思う」

彼は言葉を駆使して私を説き伏せようとする。私のほうは納得がいかない。しかし反論する言葉が見つからない。私が黙ってしまうとアックんは言う。

「キミはまだ若いから、世の中のことがわかっていない」

世の中のことなんか関係ない。私はただあなたにきちんと仕事をしてほしい。ちゃんと毎日お風呂に入ってほしい。それだけで十分なのにと、また涙にくれる日々を過ごすのであった。

この結婚生活はいつまで続くのだろう。私はいつまでこの我慢が続けられるのだろうと考えた。

屁理屈だらけの〝父親放棄〟宣言

揺れる心を抱えながらも月日は流れて、結婚してから1年と4カ月ほど過ぎた頃だった。

なんとなく胸がムカムカとする日が続いたため、母に相談して一緒に産婦人科に行くと、妊娠していることがわかった。悩み多き日々ではあったけれど、これは「結婚を続けなさい」という神様からのメッセージかしらと思いつつ、でも子どもができたことは心から嬉《うれ》しかった。

その当時は、やはりアッくんのことが好きだったのだと思う。それに振り返ってみれば、昭和の時代は今ほど離婚が当たり前ではなかったから、自分で「離婚したい」と言ってはいても、いざ自分がそうしたレッテルを貼られて生涯を生きていくことを考えると、きっと怖かったのだとも思う。アッくんも、私の親たちも、それを見越して、私が我慢をすることで結婚生活に馴染《なじ》んでしまうことを望んでいたのかもしれない。

もしこのまま2年、3年と子どもができずに二人の結婚生活を送っていたら、私はきっと離婚を決意していただろう。それでも私自身、赤ちゃんを授かったことで、一つの覚悟ができた。きちんと結婚生活を続けていくという覚悟だ。

いろいろ不満のある結婚生活だけれど、これを機会に彼も変わってくれるのではという期待もあった。父親としての責任も感じてくれるだろう。もう一度、二人がスタートラインに立ち返り、これから新しい命とともに3人で家庭を作っていけるのでは——。神様が私たち夫婦にやり直すチャンスを与えてくれたのだと前向きに考えた。

アッくんに子どもができたと打ち明けると、心から喜んでくれた。自分中心の考え方を持つ彼が、ベビーの誕生を受け入れてくれたことに安堵《あんど》もした。

その後、徐々につわりの症状が出てきて食欲も落ち、体がけだるく辛い毎日が続いたけれど、その姿を見て彼は、体調にも気をつけるようにと、私に優しい言葉をかけてくれた。

これでやっと普通の家族になれる、私は新しい命の誕生と共に、これからの未来に夢を膨らませた。

ところが、どうしたことであろうか。優しい言葉はかけてくれるが、彼の生活はこれまでとほとんど変わらなかった。会社に行く日もあれば、前日の夜更かしが響いて朝になっても布団から出られず、会社を休んでしまうこともあった。今日は会社に行ってくれたとほっと胸を撫《な》でおろしていると、仲間とマージャンだと言って、夜遅くに帰ってくる。見事なまでに変化のない生活を送っている。

そしてアッくんはついに告白をする。

その日、久しぶりに早めに帰ってきた彼は、食事を終えるとちょっと改まった顔をして、「話がある。そこに座って」と言う。

「何？」

私は不安を感じながら、アッくんの前に座った。

「僕は、子どもができて考えた。僕は父親を知らない」

「？」

一瞬、疑問に思ったが、そのまま彼の話を待った。

「うちの両親は、僕が小さいときに離婚をした。おふくろは僕を引き取り、二人で暮らしたから、父親のことはほとんど記憶がない」

アッくんの両親が離婚していることは、結婚する前に聞いている。「母ひとり子ひとり、女の細腕でこの子を育てました」と、結納の席で義母は私の両親を前に自慢げに話をしていた。私も一人っ子ではあるけれど、この親子の関係はちょっと違うと感じたことを今さらながらに思い出す。

「それは知ってる」

彼はいったい何を話したいのだろう。

「父親が子どもに対してどう接するかが僕にはわからない。だから、子育てはできない。君にすべて任せる。よろしく頼む」

なんと、まだ子どもが生まれてもいないのに、〝父親放棄〟宣言である！

私は信じられないとあ然とした。私だって初めて子どもを産んで、育てるのだ。たしかに私には母親はいるけれど、物心がつくまで、母親がどのように子どもに接していたかなど、覚えているはずもない。初めて誕生する子どもに対して、親はすべてが初体験ではないか。それでもみんな、父親として、母親として、わからないこともたくさんあるけれど、手探りで努力してわが子を育てるのだ。それが人間というものだろう。

しかし私がなんと言っても、アッくんは納得などしない。「父親のいなかった僕には、子育ては無理だ」の一点張りで、それが当然とばかりに一人うなずいている。それでも私が不満そうな顔をしているとようやくこう言った。

「会話を交わせない赤ん坊の世話はできないが、ちゃんと意思疎通ができるようになったら、少しは面倒を見られるかもしれない」

つわりがひどく、心も不安定なこの時期に、こんなことを言うなんて、この夫は妻への心配りのひとつもない。結局は自分が父親の責任を背負わされたり、育児をするのが嫌なだけではないのだろうか。それを自分の育ちを引き合いにして言い訳しているだけのようにしか聞こえなかった。

せっかく私の体に宿った大切な命を守り、育むことこそが自分の使命であるとは思ったが、私の、この子の未来は一体どうなってしまうのだろうと、アッくんの顔を眺めながら暗澹《あんたん》たる気持ちになってしまった。

まさかの入院騒動

妊娠して6カ月目に入り、1979年のお正月を迎えた。私のお腹はほっこりと膨らみ、安定期に入ってつわりもおさまり、やっと少し気持ちが落ち着いてきたときのことだ。

年末には名古屋から義母がやってきて、なんだかんだと口を出されたが、それでもようやく帰ってホッとしていた。しかしそれと入れ替わりに、アッくんが「腹が痛い」と言いだした。まだ三が日で病院は開いていない。痛み止めを飲んだりしてだましだまし過ごしていたが、5日になってどうにも我慢できないと言うので、病院に連れていくことにした。

診察が終わると医師が言った。

「腎盂《じんう》腎炎ですね。このまま入院しましょう」

医師の説明によると、腎盂腎炎とは細菌感染による腎臓の病気だということだ。尿道の出口から侵入した細菌が、尿路をさかのぼり腎臓内にある腎盂という場所に達し、細菌が繁殖して腎臓自体に炎症を及ぼすという。

「女性と比べて男性は尿道が長いので、なかなかかかりにくい病気なんですけどね」

と医師は言った。

私はそれでピンときた。アッくんは相変わらずお風呂に入らない。今は冬場だから余計に入りたがらず、週に1回入ればほめられたもので、月に2回から3回くらいというのがすでに日常化していた。私も妊娠中の自分の体のことで精一杯で、聞く耳を持たない夫に口うるさく言うのも面倒くさく、さてこの前はいつお風呂に入っただろうかと考えたが、記憶さえも残っていない。

（尿道から細菌が入るなんて、不潔にしていれば仕方がないではないか）

心の中では思ったが、まさか直接医師に訴えるわけにもいかない。じっと下を向いていると、医師が優しく声をかけた。

「奥さんも妊娠中で大変でしょうから、無理をしないでくださいね。2週間ほどの入院になります」

他人でさえ妊婦の私を気遣ってくれるのに、アッくんは相変わらず自分中心にしか物事を考えられないようであった。入院生活がはじまると、わが身を憐れみ、あれが食べたい、これをしてほしいとワガママばかりを言う。結局私は毎日、彼が欲しがる海苔《のり》おかきとリンゴを持って、彼のお見舞いに通った。

1月の寒い最中のことである。雪の降った日の午後、大きなお腹を抱えて足を滑らさないように、凍えながら下った坂道のことを今でも思い出す。それでもあの頃の私は、やはりいい妻を演じたかったのだろうか。

妊娠9カ月で夫が転勤!?

1月の終わりにアッくんは、ようやく退院することができた。しかし医師からは、そのまましばらく自宅療養をしなければならないと言われてしまった。

会社に行くのが面倒な夫は、病み上がりを言い訳にして、ごろごろと布団の中とテレビの前を行ったり来たりする毎日。相変わらず大きなお腹で家事をする私を手伝おうという気などさらさらない。

そんな様子を見かねた母が、妊婦が病人の面倒を見るのも大変だろうと心配してくれ、しばらく私の実家に二人でお世話になることになった。病院通いの日々も終わり、住み慣れた実家で過ごすことで、私の気持ちもどうにか落ち着きを取り戻していた。

あとは出産を待つばかり、自分の体をいたわりながら、心穏やかに過ごそうと思っていた。そんなときにかつての私の同僚から電話をもらった。

「旦那さん、名古屋への転勤の話が出ているよ」

寝耳に水、とはこのことだろう。これから出産を控えているのはもちろん会社も知っているはずだ。こんなタイミングで転勤とは、何かの間違いだろう。私はすぐに会社から帰宅したアッくんに尋ねてみた。

「名古屋へ転勤って本当？」

「いや、そんな話は聞いていない」

「まさか、こんな時期にないよね」

私は自分に言い聞かせるように言った。

電話をかけてきた同僚は、タイプを打つ業務を任されていて、社内に配る書類の作成なども担当していた。当時はメールなどなかったから、タイプ打ちは社内の情報通だった。だから信憑性の高い情報だとは思ったが、本人が知らないというのだからそれを信じるしかない。

それからしばらくは何の音沙汰もなかったが、3月はじめのある日、会社から戻ってきたアッくんが言った。

「4月から名古屋に転勤になった」

それを聞いた私は、半分は驚き、そして半分は諦めにも似た気持ちになった。しかしアッくんは少し嬉しそうだった。

それも納得だ。なぜなら転勤先の名古屋は彼の生まれ育った場所だからだ。実家があり、母親がいて、大学までを過ごした。友人や親戚が多いからと義母に言われ、結婚式を挙げたのも名古屋だったのだ。

どうしたものかと悩んだけれど、出産予定日は5月の終わりであった。まさかこの大きなお腹を抱えてアッくんと一緒に引っ越しするのは難しい。何かあってからでは遅いのだ。二人で話し合った結果、アッくんが先に名古屋へ行き、住まいなどの環境を整える。私はその間は実家で世話になりながら出産し、産後しばらくして母子の状態が落ち着いてから行くことになった。

家事はしない、頼りにはならない、さらに面倒がかかる夫ではあったけれど、それでも初めての出産を前に、夫婦が離れ離れになることに、私はとても不安を感じていた。妊娠中の私におかまいなしの夫は、会うこともなく離れて暮らしていたら、妊婦の私のことなど記憶の彼方に行ってしまうのではないだろうか。

名古屋への転勤が決まって、どこか解放されたような明るい顔になったアッくんを、私は恨めしく思った。

会社もこちらの事情がわかっていて、なぜこんな時期に転勤が決まったのか。私は大いに疑問を持った。だが実はそこに、裏で糸を引く人物がいたのである。

新しい命の誕生を前にして、これからさらなる苦労が押し寄せてくることを、このときの私はまだ知らない。

【ティー・ブレイク①】

気持ちがちょっと落ち込んだ時に

10代の頃から、大好きだった飲み物が紅茶です。もっと紅茶の世界が知りたくて、40代のときにティーコーディネーターの資格を取りました。

新婚時代、辛いことがあったときに、好んで飲んでいたのが「ウバ」。特有のメンソールで涼やかな、スーッとする刺激的な香りが、心をリフレッシュさせてくれます。ちょっと落ち込んだ気分のときに、おすすめしたい紅茶です。

イギリスでは、お昼前の11時頃に、気分転換に紅茶をいただく「イレブンジズ」という習慣が、古くからあります。爽やかな味わいの「ウバ」は、そんなティータイムにもぴったりです。

ウバ・ティー

味わいの特徴……特有の香りとコクがあり、爽やかな渋み

水色……赤みが強い、オレンジ色

飲み方……ストレート、またはミルクティーで

第2章　母は強し

出産は予期せぬこともある大仕事

妊娠・出産は、女性にしかできない素晴らしい体験だ。十月十日《とつきとおか》、自分の体の中で育んだ命を世の中に誕生させる奇跡を、身をもって体験する幸せを私も肌で感じることができたことに心から感謝している。

だが大きな幸せは、大きな苦しみを伴うこともある。私の場合、妊娠中にアッくんの入院や転勤という肉体的にも精神的にも大きな負担があり、それが出産前後の不安定な時期の体に、大きな影響を及ぼしてしまったのではないかと思う。母子ともにすこやかな出産を実現させるためには、まわりの温かな支えがいかに大切かということを自分の経験から改めて実感する。命の誕生とは、それほどデリケートなものなのだ。

私はアッくんの転勤に向けて、一人で引っ越しの準備をした。アッくんは大きな荷物は運んでくれたが、衣類の整理や食器類や鍋などを段ボールに詰めたり、細々したことには一切手を出すことはしなかった。「家のことは君に任せてある」というスタンスを彼は絶対に崩そうとはしないのだ。

私も夫といがみ合うのは胎教にも良くないと思い、今さら文句を言う気にもならなかった。

ようやく夫を名古屋へ送りだしてから間もなく、ちょうど臨月を迎えた頃から、私の体はみるみると膨らんでいった。もともと小柄で細身の体型が、臨月という事情を差し引いても、ふっくらというよりもむしろ顔も手足の先までパンパンな状態だった。妊娠後期はあまり太りすぎないようにと食事にも気をつけていたのに、さすがにこれはおかしいと思っていたら、産婦人科で「妊娠中毒症の一歩手前です。絶対に安静にしていてください」と言われてしまった。

特に手足のむくみがひどく、体がずっしり重い。赤ちゃんは大丈夫だろうか。自分一人ではどうにも不安ばかりが募っていくのだが、実家に戻ってからは、母が優しく寄り添って、食事や洗濯などの身の回りの世話もしてくれたことがとてもありがたかった。

かたや名古屋に行った夫は、一人で暮らすのが面倒だったのだろう。まだ住む場所が見つからないと、自分の母親と祖母が住む実家に転がり込んで、またまたマイペースな毎日を過ごしているらしい。会社に通いながら、夫婦で住むアパート探しをしているというが、なかなか見つからないという。たまに様子を報告する電話があるものの、あちらの話ばかりで私とお腹の中の赤ちゃんに関してはほとんどノータッチだ。育児はできないと言うものの、最大限譲って、夫としての思いやりと、父親としての愛情だけは持ってもらいたいと思うのだが、それを感じさせる言葉はない。やはり出産は、一人では大変なことも多い。頼れる夫がいない私にとっては、実家の家族の支えが本当に貴重であった。

アッくんからようやく住む場所が決まったと連絡があったのは、4月も中旬を過ぎてからのことだった。ただ住所を聞いても名古屋に土地勘のない私は、まったくどんな場所だかイメージもできない。それでもゴールデン・ウィークには父が引っ越し業者とトラックで荷物を運び、新居の準備をしてくれた。

戻ってきた父が新しく住むアパートの様子を教えてくれた。私が訪れるときには小さな赤ちゃんと一緒のはずだ。そこでどんな暮らしになるのかを、まだまだ想像することはできなかった。

5月17日の予定日にはなんの兆しもなかったが、翌日にNHKの朝の連続ドラマを見ていると、ふと下半身に違和感があった。陣痛らしきものは感じられないが、おかしいと思って下を見ると、破水をしていた。止めたくても止まらないまま、慌てて母を呼び、二人でタクシーに乗って産婦人科に行った。

すぐに病室に運ばれ、しばらくするとやっと陣痛がはじまった。次第にその間隔が短くなり、分娩《ぶんべん》室で陣痛の波に襲われるたびにウンウン唸《うな》っていたのだが、なかなか赤ちゃんが出てこない。人によっては出産まで1日かかることもあると言う。私は一体どれくらいかかるのだろうと時計を見上げると、午後3時を回っていた。

まわりの医師たちの動きが慌ただしくなって、もうそろそろと思っていると、「骨盤が狭くて赤ちゃんの頭が引っかかっている」と医師が叫んだ。このままでは母子ともに危険と言われ、急遽《きゅうきょ》、帝王切開へと切り替えることになった。

自然分娩で生まれると思っていたのに、突然の手術と聞いて動揺する私。でもあとは先生に任せるしかない。とにかく元気な赤ちゃんを産みたいという思いだけでいっぱいだった。

それから手術室に運ばれた。部分麻酔なので痛みはないが、意識はしっかりあるのでその様子は逐一わかる。先生が私のお腹を切り、ズボズボズボ…とお腹の中から大きな塊を取りだす感覚があった。夕方の4時13分。

「かわいい女の子ですよ」

先生が小さな赤ちゃんを持ち上げて、私に顔を見せてくれた。

ああ、やっと会えたね。がんばったね、私の赤ちゃん。これからもずっと一緒だよ。涙が自然とあふれてきた。こうして私は母親になった。

翌日になって、アッくんは義母と共に名古屋からやってきた。私はまだ切ったお腹が痛く、発熱もあって、ぐったりとベッドで横になっていた。義母が満面の笑みを浮かべて大きな花束を抱え、部屋に入ってきた。

（え、何このにおい？）

最初は花の香りかと思ったが、義母がベッドの側に近づくと、いっそうにおいは強くなった。それは義母が付けている香水だった。私がベッドから起き上がれずにいると義母は言った。

「女の子ね。二人目は？」

驚いた。香水をプンプンとにおわせながら、昨日1日かけて出産の苦しみを味わってベッドに横になっている嫁に、何という言葉だろう。跡取り息子がほしいということだろうか。

実は先ほど医師から、昨日の手術はとても大変なものだったと聞いた。骨盤に赤ちゃんが挟まった状態で、もし処置が遅かったら二人とも命が危なかったかもしれなかったのだ。さらにメスで開腹するとき、ちょうど赤ちゃんの顔が正面を向いていて、大事な顔を傷つけずにすんで良かったと言われた。まさに母子ともに命がけの出産だった。

そんな状態での出産を終えたばかりの私に、あの言葉は辛かった。妊娠中は、子どもは二人くらいほしいと考えていたが、思わず反発心が湧いてしまった。

「五体満足で生まれてきて、私は一人でもう十分です」

私は義母にそう答えていた。

アッくんは新生児室でわが娘の顔を見て、「かわいい」と言ってくれたが、看護師さんが「抱いてもいいですよ」と言うと、「怖いからいい」と言ったらしい。まったく父親になる覚悟ができていない。

アッくんと義母が帰ったあと、母が言った。

「ひどいねぇ。『二人目は?』だなんて、こんな状態のときにかける言葉ではないよね。元気に生まれてきてくれただけで十分。あなたの体が大事なのだから、気にしなくていいよ」

本当の親であれば、そう考えるのがまっとうだろう。私は母の優しさにまた涙した。

出産というのは女性にとっては命がけの大仕事である。出産前後というのは女性の心はマタニティーブルー、ひいては産後ウツと言われるような不安定な状態になる。そうした時期にはちょっとした言葉にも傷つきやすくなるものだ。まわりの気遣いがどれほど大切なものかを知ってほしいと思う。

不安の中での名古屋の新生活

帝王切開での出産は、私の体にとっては大きなダメージだった。自然分娩より少し長く、12日ほど入院して実家に戻ったが、産後の肥立ちが悪く、お腹の傷口がなかなか治らない。出産時の負担が大きかったのだろうか。

実家で、寝たり起きたりを繰り返しながら、そんな中でも娘は元気よく泣き、ミルクを飲んで健やかに人きくなっていく。3時間おきの授乳、おむつを替えてと、生まれたばかりの赤ちゃんの世話は大変だ。しんどくはあってもどうにか育児と向き合えたのは、母の支えがあればこそと感謝する。

このまま実家にいればどんなに楽であろうかと思いながらも、タイムリミットは迫っていた。アッくんは頻繁に電話をかけてきて、「いつ来るのだ」と急かすからだ。

それでも私は勘づいていた。アッくんが私と子どもと一緒に暮らしたいと考えているのではない。きっと義母が早く孫に会いたいとせがんでいるに違いない。すると彼は言った。

「おふくろがお宮参りに行くのを楽しみにしている」

ああ、やっぱり。面倒くさいことは避けて通ろうとするくせに、母親の言うことは何でも聞くのだ。

3時間に1回の授乳も必要で、帝王切開をしたお腹の傷も癒えてはいない。アッくんは自分は育児はしないと宣言する中で、一人でこの子を育てられるだろうか。小さな赤子を抱えて、右も左もわからない土地に住まうということにも大きな不安を感じていた。新しく住むアパートから数駅のところには、アッくんの実家があると聞いていたが、義母の世話になりたくないという思いも強かった。

もうしばらくはここにいたいと思ったが、あまりにもしばしば夫から電話が来るので、両親も気にするようになり、7月の終わりに旅立ちを決意した。名古屋に行く前日、母と一緒に近所の神社にお参りした。

首もまだ据わらない娘を連れて、母に付き添ってもらい新幹線に乗った。駅に着いてドアが開いた瞬間に、ムッとした暑苦しい空気が身を包む。名古屋の暑さは関東とは違う。そしてホームには、アッくんと一緒に義母が嬉しそうな表情で立っていた。

ああ、これからここで、どんな暮らしがはじまるのだろうと、心に暗い闇が流れ込んでくるような感覚を覚えた。

アパートに着くと、まだ荷解きされていない段ボール箱が山積みになっていた。私は呆然《ぼうぜん》とした。

「子どもの世話ができないのなら、荷物の整理だけでもしてほしい」とアッくんに頼んだ。すると彼は「仕事が忙しい」と言う。

自分でやりたくないからだろう、義母に部屋の整理を頼むと言いだした。義母だって正社員として働いているから、忙しいのは同じだ。それなのにわざわざ時間を割いて手伝ってくれとは言いにくい。

それだけではない。義母とはいえ、私にとってはやはり他人である。自分たち家族の荷物を整理してもらうのには抵抗があった。

しかしアッくんは勝手に義母に声をかけ、引っ越しの整理を頼んでしまった。義母はすぐに部屋を訪れると、荷物が詰まった箱を開いて、自分勝手にしまっていく。まるで自分が新しい家に引っ越してきたかのように、ウキウキとした姿が私の心にまたトゲを刺す。

私は小さな娘を抱えながら、その姿を眺めていた。今までは義母とは川崎と名古屋という距離があったから、たまに会ったときに覚える違和感や不快な思いも、どうにかやり過ごすことができていた。しかしこれからは自分の親には頼ることができず、義母との実質的な距離がぐっと縮まっていく。嫁と姑という関係を実感するのである。

孤軍奮闘の子育て

今の時代は、子育ては夫婦二人でやり遂げるものという考え方が浸透してきていて、若い男性たちの意識もずいぶん変わってきたように思う。

かつて赤ちゃんだった私の娘は、今では結婚して出産もした。妊娠中、何度か自治体の催す両親学級に通っていたが、そこでは父親の参加も呼びかけられている。娘夫婦も一緒に参加していたが、父親も体に重しをつけて妊婦さんの疑似体験をしたり、赤ちゃんのおむつ交換や沐浴《もくよく》などの練習をするのだという。多くの男性が参加し、みんな熱心に取り組んでいたという話だ。

娘の話を聞いていても、時代が変わったことを改めて感じ入る。

それでも最近になっても、母親が一人で子育ての大部分を担わなければならない"ワンオペ"子育てなどという言葉があるのだから、やはり私と同じように大変な思いをしている女性がまだまだ多いということだろうか。

私自身、名古屋への引っ越しは、頼れるはずの実家からは距離ができ、しかも子どもを産んだばかりで自由に外を歩くことも難しい時期に、ほとんど土地勘がない場所にやってきたわけで、必要なものがあってもどこで買い物ができるのかがわからなかった。子どもがもし熱を出したら、薬局は、小児科はどこにあるのだろう。

それはまだ引っ越しをした当日で、手伝ってくれた母が実家に残された父を心配して帰ってしまってからまだ数時間しか経っていない時のことだった。とにかく自分でできることは自分でやろうと、娘が眠っている間に、荷物の整理などをしていると、ふと、腹部に違和感を覚えた。見てみると下着にうっすらと赤いシミができていた。

帝王切開したお腹の傷から出血していたのである。私はびっくりして、まだ家に着いたばかりであろう母に電話をした。でも遠く離れている母にはなにもできない。

「近くにある産婦人科に行って、診《み》てもらいなさい」

母は言うが、私はまだ来たばかりで、自分のことなど考えにも及ばず、どこに産婦人科があるかもわからなかった。

会社にいるアッくんに電話をすると、すぐに帰ってきてくれた。しかし彼もまたどこに産婦人科があるかはわからなかった。仕方がないので近所の開業医に診てもらうことになった。娘を一人部屋においていくわけにはいかなかったので、娘を抱いて一緒に連れていってほしいとアッくんに頼んだ。ところが彼はそれを拒んだ。小さな赤ん坊を抱いて外を歩くのは怖いと言いだしたのだ。

仕方がないのでお腹の傷を気にしながら、私が娘を抱っこして病院に行き、医師の診察を受けると、なんとお腹の傷が再びパックリと口を開けてしまっているという。再び縫い直してもらったけれど、もう自分の体でないような、ぬいぐるみにでもなったような気分で、とても悲しかった。

家に帰ると、アッくんはいつものようにテレビを観はじめ、何もしてくれようとはしない。娘はお腹が空いたと泣きだす。私自身も泣きたくなったが、今はそれよりもわが子のことが大切だ。どんなに体が辛くても、この子にだけはミルクを飲ませ、おむつを替えてあげなければ、死んでしまう。この子が頼れるのは私しかいないのだと思い、重い体をゆっくりと立ち上げる。

それからしばらく、孤軍奮闘だった。お腹の傷はしばらく癒えず、傷口にばい菌が入らないようにガーゼを当ててビニールでくるみながら、一人で娘をお風呂に入れた。アッくんは見て見ぬふりだ。ちょっとでも娘のことでなにか頼もうとすると、「僕は子育てはしないと言ったはずだ」と言って、頑として何もしようとはしない。

確かに妊娠中に彼は育児放棄を宣言していたし、私もそれでもいいと思っていた。しかし私の体調がすぐれないとき、手助けしてくれるくらいはいいのではないか。それが夫婦であり、父親としての役割だろう。結局アッくんは、一度も娘にミルクをあげたことも、おむつを替えたこともないまま、時は過ぎていった。

〝育地獄〟の日々がはじまる

子どもは母親が育てるもの。それが当たり前だと私自身も考えていたから、自分なりにやれるだけのことはがんばったつもりだ。それでも人間には限界というものがある。私は無理を重ねてさらに体調を崩し、ストレスからか中耳炎にもかかってしまった。

このときも、私は泣いて、助けてほしいとアッくんにすがった。

だがアッくんは、ここまできても自分を譲らなかった。家事や育児をするのは極力避けたい。いや、まったくやる気がないから、どうにか自分の負担にならない方法はないだろうか。そこでアッくんが考えだしたのが、私と娘を自分の実家に送り込むことだった。

私は義母との生活は避けたかったが、結局、背に腹は代えられなかった。何よりも私が病院に行かなくてはならないときに娘を一緒に連れていきたくはなかったからだ。特に耳鼻科はいつも混んでいて、待ち時間も長い。そうした場所で、まだ6カ月にもならないわが子を巻き添えにしたくなかった。母として、我慢の選択だった。

アッくんの実家には、義母とその母親であるアッくんの祖母が二人で暮らしていた。義母は仕事をしていて昼間はいないため、私が昼間病院に行くときは、70歳を過ぎたおばあちゃんが娘の面倒を見てくれることになった。

小さな赤ん坊と体調の優れない嫁を迎え入れてくれたことに、私はとても感謝している。しかし私が病院へ行く以外のほとんどの時間は、小さな居間でおばあちゃんと私と娘の3人で過ごすことになったため、こうした状況に私はストレスを感じたし、おばあちゃんもそうだったのではないだろうか。

また、アッくんの家族が長く住んでいた家には、その家族が持つ独特の生活のにおいが染み付いていた。冷蔵庫には賞味期限切れの食品がゴチャゴチャと入っている。

〝他人の家〟とは、なんて住み心地が悪いのだろう。

今ならもう少し我慢もできたかもしれないが、まだ23歳と若かった私には、これまで何度かしか顔を合わせたことがない他人と、突然一緒に暮らすということは、かなりしんどいことだった。

それでも私たちを迎え入れてくれているのだから、何も言うことはできない。口に出せない嫁姑のわだかまりは、現実の距離が近づくほどに深まるものだということを知った。

アッくんといえば、私たちを義母に預けたことをいいことに、相変わらずわが道を貫いていた。名古屋でも再び、マージャン仲間を見つけ、仕事が終わると雀荘で数時間。いつも帰りは12時前ギリギリだ。

育児にまったく興味のないアッくんは、子育てがどんなに大変かということを理解すらしない。弱音を吐ける相手がいないというのも私の大きなストレスとなっていく。

私の体調が少し落ち着いてくると、義母は「少し遅くなってしまったけれど、お宮参りに行きましょう」と言いだした。

突然のことだったので、私の両親に連絡を入れたが、都合がつかずに来られないという。

その日は義母と夫、娘と私の4人で神社に詣でた。義母は華やかに着飾り、アッくんは義母がその日のために買ったシャツを着て義母と仲良さそうに先を歩いていく。

私はまだ本調子ではない体で、娘を抱きながら二人のあとを付いていく。

私や娘のことよりも、自分のことを中心に考える。私は二人の背中を見ながら、やはりこの親子、似ているなぁと思った。

あるとき、おばあちゃんが所用で出かけた隙に、高校時代の友人に電話をかけたことがあった。携帯電話もない時代、私は自由に電話をかけることさえできなかったのだ。彼女は独身だったので、夫の冷たさ、子育ての大変さを話しても、きっと本当には理解できていなかっただろう。それでも涙ながらに訴える私の言葉を優しくうなずきながら受け止めてくれた。そして心配をして、数日後にわざわざ新幹線に乗って私に会いに来てくれたのだ。そんな友の優しさに、また涙が止まらなくなった。

今は産後ウツなどという言葉もあるけれど、当時はそんな状況は誰にも理解されなかったように思う。特に私の場合、身近に本音で話をしたり、悩みを打ち明ける相手がいなかった。孤立無援の中で、いちばん大変な時期の育児と向き合わなければならなかったのだ。心がカラカラに乾いて、たくさん流した涙も心を潤すことはできなかった。

あの頃は、自分から暗い洞窟にはまり込んで、子育ては〝育地獄〟だと思い込んでいた。娘はかわいい。なのに育てるのが辛い。こんな状況を作ってしまうのはとても不幸なこと。なぜそこまで私が追い詰められてしまったのか。今振り返れば、いくつかの悪いことが重なってしまったことに原因があったのだとわかる。

自身の体調の悪さ。知らない場所で暮らすことへの不安。頼れる親の不在。夫の非協力的な態度。義理の家族との不調和。そうしたことが重なって、私は大好きな娘を育てることさえも辛くなってしまっていた。

健やかに寝息を立てて眠っている娘に、もしこのまま布団をかぶせたらどうなるだろうという考えが心をよぎることもあった。わが子を殺めてしまうことさえしかねない。正常な判断ができないところまで追い詰められていたのだ。

私はついに母親に電話をかけて、思いっきり泣いて辛いと訴えた。それができたことだけでも幸せだ。これは危ないと察知してくれた両親が、私と娘を実家に呼び戻すことを決めてくれた。こうして私は親の差し伸べる手にしがみつき、なんとか〝育地獄〟から脱することができた。

乳児期の赤ちゃんは一人の力では生きていくことはできない。母親は自分の体調や心の状態を犠牲にしても、わが子の命を守るために懸命にがんばろうとする。それでも、どんなにわが子を愛していても、ちょっと歯車が狂っただけで、母親は精神的に追い詰められていくこともある。

あなたのまわりにはそんな苦しみを抱えた母親はいないだろうか。もし孤立してしまっている母親がいたら、優しく手を差し伸べてあげてほしい。

閉塞感の中で一筋の光が……

私はかなり精神的にも危ない状況になっていたが、再び実家に戻り、母親のサポートを得ながら、ようやく平穏に子育てに向き合えるようになっていた。このまま実家で過ごせればどんなに楽であろうと思ったが、同時に一人娘のためには、たとえどんなに頼りにならなくても、父親の存在は必要なのだとも考えた。

アッくんからも頻繁に、早くこちらに戻ってこいという電話が来た。でも「あなたのご飯が食べたい」「洗濯物が溜まっている」と、結局は自分の生活が不便だから私を求めているだけなのだとわかる。私は家政婦ではない！　多くの妻が夫に叫びたい一言を私はぐっと我慢した。言ったら言ったで、彼の得意の議論がはじまり、私を説得にかかるだろう。彼には口ではかなわない。無駄な労力も使いたくない。

彼はどうしてこのような状況になっているかを本当には理解していないのはわかっていた。

それでもやはり家族は一緒にいるのが当たり前なのだと両親からも諭され、私自身、この子を抱えて一人で生きていく自信もなく、結局は名古屋のアパートに戻ることになった。

今の時代であったなら、たとえ子どもがいようとも、女性の生き方、選択肢ももっと多くあったのかもしれない。しかし当時の私にとっては、これしか生きる道はないと思い込んでいたのだ。だからどうにか今ある場所で生きていこうと心に決めた。

私たちが戻ると、アッくんは喜んで迎えてくれた。だからといって家事を手伝うでもなく、子どもの面倒を見るのでもなく、マイペースなままだ。

名古屋に来てからしばらくは、アッくんも新しい職場の環境に馴染み、真面目に働いてくれているように見えていた。ところがいつ頃からか、テレビゲームにハマりだす。今のような鮮やかな画面の複雑なゲームではない。テトリスとかテニスゲームとか、単純なゲームを毎晩ピコピコと深夜までしているようになった。するとまた朝、起きられない病が発症し、出社拒否へとなだれ込んだ。

朝ご飯を用意したダイニングのテーブルで、彼が出てこない布団の側で、私は懸命に彼に会社に行ってと懇願し、涙を流した。声を荒らげては娘に良くないと思いながら、気持ちを落ち着けようとするものの、涙だけはポロポロと流れてしまう。

一人で歩けるようになった小さな娘は心配そうに私の側にやってきて、「ママ、大丈夫?」と手にしたティッシュで私の頬を拭ってくれる。

今はこんなに小さな子どもがいる。このままではいけないと思いつつ、何をどうしたらいいのかもわからなかった。

そのうちに子どもを通じて、近所にママ友ができたり、アッくんの学生時代の友人夫婦とも交流ができてきた。誰も知らない場所に移り住んだ孤独から、少しだけ外の世界へと意識を開いていくことができた。

特にアッくんの友人の奥さんたちはとても親身になって話を聞いてくれ、私の心の支えになってくれた。仕事に行かない夫、子どもと関わろうとしない夫、お風呂に入らない夫。義母とのわだかまり。みんなが私の辛い話を聞いてくれた。理解もしてくれた。だからこそ、私は心の安定を保つことができたのだろう。

それでもあるとき気づいたのだ。たとえ泣き言を言って、それに他人が共感してくれても、だからといって今の状況を変えることはできないということを。まわりの人たちが何度説得してもアッくんは変わらない。それでは私の人生も変わらないままなのだろうか。

自分の何かを変えるためには、人に求めるのではなく、やはり私自身が変わらなければいけないのだと——。

これから娘が成長していく中で、もっとお金も必要になっていくだろう。私にも何かできることはないだろうか。

子どもは3歳までは手元で育てたいと思っていたので、家でできる仕事を考え、もともと手芸などの手作業が好きで少し素養があったことから、私は人形づくりの講師の資格を取って、教室を開くことにした。

自立と言うにはおこがましいが、それでも何か動きださなければという思いが、やっと私を行動へとつなげた。

人形教室は、それなりに順調に運営をすることができた。徐々に生徒さんの数も増え、いろいろと工夫しながら内容を考えたり、先生と呼ばれながら生徒さんに技術を教えるのも楽しかった。

ここでやっと、私は誰かの奥さんでもなく、○○ちゃんのママでもなく、一人の人としてあることを実感することができた。靄《もや》の中で生きていた人生が、やっと少し視界が開けて、自分の足でしっかりと歩いていかなければならないと心に思うことができた。

日々、少しずつ変わっていく自分を実感していく中で、大きな転機が訪れる。

突然、夫に本社への転勤の辞令がくだされたのだ。今思えば、こんなにやる気のない夫を何年間も面倒を見てくれた会社には感謝しかない。その事情はわからないが、東京に戻れるということは私にさらなる大きな勇気を与えてくれた。

東京に戻れば両親もいる。こっそり電話をして悩みを打ち明け、励ましてくれた古くからの友人たちもいる。私の時間も行動範囲ももっと広がっていくだろう。娘がいてもきちんとした仕事を探すこともできるかもしれない。大きなチャンス、私が本当に変わるべきときが訪れたのだと実感した。

私はもう、夫にすがりついて泣いてばかりいた幼い妻ではない。

そのとき、また〝離婚〟という言葉が頭をよぎった。時代も大きく変わって、社会に出て輝いている女性たちがたくさんいるではないか。私にもきっと社会で、何かができるのだと信じたかった。

夫と別れて生きていこう

名古屋では、結局9年間を過ごしたこととなった。そして夫の転勤に伴い、私たちはかつて住んでいた場所に近い、私の実家ともそれほど離れていない川崎にマンションを借りて住まうこととなった。

さぁ、これからだ。頭の中には、私の第二の人生が思い描かれていた。

もう、夫と別れて娘と二人で生きていこう。そのためには甘いと思われるかもしれないが、実家の手助けはどうしても借りたい。離婚後はしばらく、親と一緒に暮らしてもよい。一人娘の私とかわいい孫娘が一緒に暮らせれば、きっと両親も喜んでくれるだろう。そう考えた。

だが、私の構想はあっけなく崩れ去る。この話を両親に切りだすと、想定外の答えが返ってきたのだ。

「娘が離婚して家に戻ってくるなんて、世間体が悪い。みっともない」

それが父からの言葉だった。

私はこれまでのアッくんの日々の暮らしぶりや態度を母にも相談し、両親は困ったものだと頭を悩ませていた。父はアッくんに直接話をしてくれたこともあったのだ。それなのにいざ離婚を切りだしたら、世間体を持ちだして反対されるとは……。父は本当に娘のことを大切に考えているのだろうかと悲しくなった。頼るべき母からの助言もなかった。結局は母も、父の言いなりだった。

両親だって、娘から見てもけっして仲がいい夫婦とは言えなかった。小さな頃には離婚の危機もあったと聞いている。確かにそれでもなんとか何十年も一緒に暮らしている。きっと両親は、夫婦とは互いに我慢すればなんとかなると思っているのだろう。両親のようにそうやって夫婦を続けるという方法も確かにあるのだ。

今になって思えば、父は世間体と言ってはいたものの、きっと社会経験もほとんどなく、専門的に学んだ分野があるわけではない私がアッくんと離婚して、娘を育てながら自立してやっていけるのかが心配だったのだと思う。それならいろいろと不満があっても、とりあえず会社員としての給料を稼いでいる夫に依存して生きることを選択しなさい、ということだったのだろう。

でもその頃まだ私は30代。やり直すなら今しかないと考えた。

自立して生きるためには、まずきちんとした仕事を得なければならない。これから長く働いていくためには、きちんとした会社に入って正社員になることを目標とした。娘は小学生になっていたので、そんなに遅くならなければ家で留守番をすることもできる。

昭和の終わりの時代はまだ景気も良く、働こうという意思さえあれば、就職活動はそれほど難しくなかった。いくつかの会社の面接を受け、自宅からそれほど遠くない場所にある、小さな建築関係の会社に事務員として就職することができた。

アッくんより年齢が4つ上の社長は、私の事情もよく理解してくれていた。小学生の子どもがいるということで学校行事に参加するときなどは時間を融通してくれ、ときには娘が学校帰りに事務所に寄って、就業時間が終わるまでおとなしく遊びながら私を待っていることもあった。とてもアットホームな雰囲気の会社で、こうした人との出会いに感謝しかなかった。

準備は整った。私は新しい会社での仕事に慣れると、ついにアッくんに離婚を切りだした。

今までも何度か「離婚する！」と叫んだことがあった私だが、アッくんはこれまで、本当に離婚する行動力など私にはないと思っていただろう。けれど正社員として働きはじめたことで、私の覚悟が伝わったに違いない。

それでも、「どうしても納得がいかない」と反論に出る。議論好きな彼は、自分がずっと私たちを支えてきたのだと言う。離婚の理由が見つからないとまで言った。

仕事は頻繁に遅刻したり休んだりする。何度言っても月に数えるほどしかお風呂に入らない。子どものことはすべて任せ切り。私にとっては十分に離婚の理由になるのだと思うのだが、アッくんはそれを私の我慢が足りないからだと言う。

もう10年以上もそんな暮らしに我慢してきた。そして「もう耐えられない、私の人生を生きたい」と言っても、それは私のわがままだと言い放つ。

ついにアッくんは、親族を呼んでの話し合いに持ち込んだ。

そこで義理の親戚から言われたのは、「離婚するのであれば、うちの名字は名乗らせない」ということであった。虚をつかれた。私はいい。しかし小学校に通う娘の名字を替えさせるのは、とてもかわいそうなことに思えた。

私の親も同席しての話し合いで、そのときの結論は、しばらく別居をして様子を見たらどうか、という話になった。私も夫も、それで納得することにした。

20歳で結婚をして、娘を産んで、10年余りの歳月が流れていた。もう夫に依存する生き方はやめよう。とにかく一歩、前に進もうと覚悟を決めていた。

〝愛〟は消えても〝情〟は残った

実はその後の私たちは、離婚という決断を下すことはなかった。それにはこんな顛末があったからだ。

一つには、娘の中学受験があった。娘は私立の中学校へ行くことを希望して、塾に通い、勉強をがんばっていた。今では個人情報もあって、また時代の空気も変わり、それほどの問題にはならないと思うのだが、当時は両親が離婚していると、受験に不利であると、まことしやかに囁かれていたのである。

私たち両親の勝手で離婚をすることになって、それが娘の不利益になることだけは避けたいという思いが、離婚届に判を押すことを私に躊躇させていたのだ。

だが、アッくんが家から出ていくと、娘と二人の生活は家事の負担もストレスも減って、かなり快適であった。

娘も、小さい頃からほとんど遊んでもらえず、小学校に入ってからは、「布団で寝ているか、テレビゲームをやっている背中しか見ていない」と言うほど、一緒に暮らしているときから距離のある父子だったので、父親が出ていっても普段と様子は変わらず、寂しそうな顔は見せなかった。

それでもまた離婚となれば、義母や親戚が出てきていろいろと言われることが面倒だから、籍は入れたままでも離れて暮らす、現状維持も一つの選択肢なのではないかなぁなどとも考えていた。

私たち夫婦は離れて暮らしながらも、事務手続きや連絡事項などで頻繁ではないけれどたまに顔を合わせていた。しかし娘を誘っても一緒に行くとは言わず、娘は夫にはしばらく会っていなかった。

1年ほどアッくんとの別居生活が続いていたある日、私が夫に会うと言うと、娘は一緒に行くと言いだした。何かしらの心の変化があったのだろうか。

私たちは銀座のソニービル（現・銀座ソニーパーク）の前で待ち合わせをした。休日で多くの人たちが行き来している中を二人で待っていると、数メートル先に夫の姿を見つけた。ところが娘は、目の前に父親がいることにまったく気づいていない様子だった。

「パパ、来たよ」

声をかけると娘は、目の前にいる中年のおじさんをしばらく見つめてから、やっと父親だとわかったようだった。

「パパ？」

私は何カ月かに一度はアッくんと会っていたので、彼にそれほど大きな変化があったとは思ってはいなかった。だが娘にとって、1年ぶりに会う父親は、以前記憶していたのとは大きく違っていたようであった。頬はげっそりとこけ、髪はボサボサで、顔色も悪い。着ている洋服も、なんとなくだらしない。

かつてのお父さんの姿とは、まるで違う他人に見えたのだと言う。

一緒に食事をして別れたあと、彼女は少し泣いてから言葉を吐いた。

「会ったとき、パパだってぜんぜんわからなかった。顔が変わってた」

もともと家事はほとんどやらない人である。結婚前には会社の寮で一人暮らしをしていたけれど、私との結婚生活で、すべてを妻任せにしてしまっていた。料理も掃除も洗濯も、一人で生活をするということの基本をほとんどできないままに、一人で放りだされてしまったのだ。それでも努力をすることをしない彼は、きっと一人でも変わらぬ暮らしをしていたのだろう。会社にはきちんと行っているのだろうか。いつお風呂に入ったのか。聞くのも怖い。

私は多分それまで、夫の変化に気づいていながら、心を遮断して、見て見ぬふりをしていたのだと思う。しかし娘にとって、1年ぶりに現れた父親の、落ちぶれた姿は大きなショックだったようだ。

それからしばらくして、タイミングを見計らったように、夫から私宛の手紙が届く。

そこには現在の自分がどんなに辛い思いをしているか綿々と綴《つづ》られており、自分は生きていても仕方がないと自殺を示唆する内容であった。相変わらず自己中心的な考え方だと思ったが、最後には私への愛情を告白していた。

男と女というのは不思議なものである。私はけっして若い頃のようにはこの人のことを思ってはいなかった。それなのに、このままこの人を捨て置いてはいけないと〝情〟のようなものだけは消えていなかったのだ。

こうして私たち家族3人は、再び一緒に暮らすようになった。

傍から見れば、よくわからない夫婦なのかもしれない。でも思う。この別居の期間は私たち夫婦にとってはけっして無駄な時間ではなかった。

アッくんも一人で暮らすことで、それなりに家族の大切さを感じてくれたようだった。根本は変わらないが、それでも私たち妻と娘に歩み寄ろうという努力はするようになった。

そして私自身はかつての、一人で生きていくことに不安を感じていた弱い女ではなくなっていた。自分の力で生きていけるという小さな自信を心の中に持ちながら、それでもアッくんと一緒に暮らしても、まぁいいか……。そんな気持ちであったのだ。

その心の余裕があったからこそ、以前のように夫の振る舞いの一つひとつが絶対に許せない、というものではなくなった。こうして私が気づいたのは、これまで不満を言いながらも、自分はどんなにか夫に依存していたのだろう、ということだ。

私たちにとっては、お互いに仕事をして稼ぎがあって、自立した大人同士であることが、求めすぎず、離れすぎず、互いにいい距離感をつくれるということ。それに気づくまでに私たち夫婦は、10年以上の歳月をかけてしまったようだった。

しかしそのおかげで、私たちは夫婦生活を継続させることになった。現在では結婚してからなんと40年の歳月が流れてしまっている。未だに夫には不満も多くあるけれど、それでもなんとかこの関係が保たれている。本当に夫婦とは不思議なものだ。

【ティー・ブレイク②】

飽きのこない正統派の味わい

際立った個性があるわけでなく、でも側にいるとホッとする、いつまでも飽きない存在。これって夫の理想じゃないかしら？　それを紅茶にたとえるなら、私は「ディンブラ」だと思います。

セイロン茶を代表する「ディンブラ」は、標高1300メートル以上の高地で生産されるハイグロウンティーのひとつ。豊かな香りと、バランスの良い味わいで、紅茶らしさをしっかりと感じられるのが魅力です。クッキーやケーキなどの甘いお菓子とも相性が良いので、「アフタヌーン・ティー」としてもおすすめです。

ディンブラ・ティー

味わいの特徴……バランスの良い味と香り
水色……オレンジがかった鮮やかな紅色
飲み方……ストレート、ミルクティー、アイスティーなど

第3章　嫁の苦難

母一人、子一人の絆《きずな》

人には相性というものがある。何かの機会にたまたま出会った人でも、この人とはちょっと合わないなぁと感じることがたまにある。でもそうした人とは、うまく距離を取ってなるべく関わり合いを少なくすれば、どうにかやり過ごせるものである。

しかしこの人とは合わないと思っても、どうしても付き合っていかなければいけない関係というのも人生にはままあるものだ。仕事の上司や取引先などもその一つ。それでも一定期間我慢すれば、いつかは離れていくこともできるだろう。

だが〝嫁と姑〟の関係で相性が合わないとなると、これはかなり辛いものがある。この人と付き合いたくないと思っても、逃げだすことができない。多分どちらかが生涯を閉じるまで、その関係は続くのである。

私は義母と、92歳で彼女が亡くなるまで、40年以上も関わり続けることになった。

そしてアッくんとの結婚生活にあったさまざまな苦労の源には、いつもこの義母の存在があったように思う。

前にも少し触れたが、アッくんの両親は彼が小さい頃に離婚していて、義母は息子と二人で、暮らしていた。アッくんを大学まで出して、立派な（？）社会人にまで育て上げたのが、義母の自慢だ。

義母はよくそれを「女の細腕ひとつで息子を育て上げた」と言っていた。実際には義母はずっと働いていたので、アッくんは小さい頃は祖父母に面倒を見てもらっていたというから、すべてが義母の力というわけではないのだろう。それでも昭和元年生まれで、20歳で終戦を迎えた彼女が、多くの女性が家庭に収まる中で、子どもを抱えて、ずっと職業婦人として会社に通い、定年まで勤め上げ、家計を支えたのは事実である。

こうした背景があるからか、この母と息子は〝母一人、子一人〟という意識がとても強かった。私も夫と別居して娘と二人で生活した時期があったけれど、なかなか理解し難いものだった。

私が義母を初めて見たのは、結婚するよりもずっと以前。アッくんとまだお付き合いもしていない頃のことだ。会社の社内旅行で、みんなで伊勢志摩へ行ったときのこと。帰りの新幹線で豊橋駅に着いたとき、ホームで一人待っていたのが、あとに私の義母となるその人だった。

名古屋に住んでいた彼女は、息子が旅行帰りに地元を通るというので、わざわざ会いに来ていたのだった。あとで知ったのだが、彼はこの会社に縁故で入っていて、義母は会社の常務と知り合いだった。彼女は世話になっている常務に挨拶をして、息子を団体行動から引き離し、どこかへ連れていっていた。

その行動も驚くべきことだが、そのときの彼女の姿がまた印象的だった。きれいに着物を着こなして、見た目のとても華やかな人であったことを覚えている。

うちの両親よりも年上ではあったけれど、母と比較すると、派手だった。ずっと社会で働いてきた気概のようなものがにじみ出て、同時に女を感じさせる人だった。私はその姿を見たときに、この人はちょっと苦手だな、という印象を最初から持ってしまっていたのである。

アッくんとの結婚が決まってから一度、海水浴の帰りに未来の夫の実家に寄ったことがあった。着いた早々、「水着に付いた砂を洗い流しなさい」と彼女から言われた。私は「帰ったらやります」と答えたが、金だらいとアッくんの海水パンツを持ってこられて、「ここで洗いなさい」と言われた。

若い私は、泣きながら水着を洗うことになったのだが、このときから彼女との不調和ははじまったと言える。

結納や、結婚式の準備などがはじまると、私たちは初めてきちんとした形で顔を合わせた。これから姑と嫁という関係でお付き合いしなければならない彼女と対峙《たいじ》する。もちろん嫁になる立場の20歳そこその小娘であった私に、対等な闘いなどできるはずもない。彼女には雰囲気で圧倒された。

このとき、まず驚かされたのが結納品の大きさである。これは名古屋という土地柄も大いに関係しているのだろうが、義母は実家近くのホテルの結納会場に、大きなつづらのような箱を抱えてやってきた。母一人、息子に恥ずかしい思いをさせてはいけないという思いであったのだろうと、驚きはしたもののまぁ納得をした。

結婚式は、当初は私もアッくんも職場が東京だったので、こちらでやろうと話していた。しかし義母はそれに断固反対し、夫の実家のある名古屋で挙げるようにと言われた。こちらのほうが親戚が多い、アッくんの学生時代の友人たちも出席する、というのが彼女の主張である。

私の親戚はどうなるのだろうか。会社の人たちにも負担をかけるのではないか。心で思ったが、口には出さなかった。アッくんは母親の言うことは素直に聞いた。これにも驚きであったが、私の両親も、私が嫁に行く立場なのだからと、その意見に従った。

私もまだ仕事をしていたので、何度も名古屋へと行くこともできず、結局は義母にお任せすることにした。私が小さい頃からの、「教会で結婚式を挙げたい」という夢だけは叶えてほしいと頼んだ。その希望だけは汲んでくれたが、それ以外の結婚式場での披露宴の料理、引き出物、さらには私のお色直しの着物まで、ほとんどが義母の意向で決まってしまった。もちろん一人息子に恥をかかせたくないという思いから、それはたいそう華やかな結婚式となった。

こうした経験があったので、入籍前から義母となる人はとても派手なことが好きで、すごく体裁を重んじるのだということを知っていた。自分の主張を押し通す人なのだとも感じていた。そして、これから夫になる人は、なんでも母の言いなりになるのだなぁということもショックを受けながら知ることになった。アッくんはお義母さんに頭が上がらない。前途多難は十分に予測できていたのである。

ただ、私たちの生活拠点が、名古屋から距離のある関東にあったことは、大いに救いであると思わずにはいられなかった。会ったときだけ〝素直でいい嫁〟を演じていればいいのだと、心に念じた。

息子大事にも程がある

私には娘しかいないので、息子を持つ母親の気持ちは今でもよくわからない。大事に育てた息子がお嫁さんとなる人を連れてきたときには、どのように感じるのだろう。ああ、これでもう息子も一人前。私の手は離れたわ、これからは夫婦仲良くやってくれればいいわ、と思うだろうか。それとも、大事な息子を嫁に取られた。嫁の言いなりにならずに、ちゃんと私のことも気にかけてくれないと困るわ、と思うだろうか。

今の若い人たちの母親の多くは前者だと思うが、昭和元年生まれの義母はもちろん後者のタイプだった。たとえ息子が結婚しても、母と息子の関係は変わらない。大きくなるまで育てたのは私なのだから、嫁よりも私のことをずっと大切にしてほしい。嫁の意のままになんかならないでほしいと考えていたのだと思う。

これは娘が生まれてからのことではあるが、義母から言われたことがある。義母の家族に対する考え方をよく表している言葉として記憶している。名古屋のアパートで、私と一緒にお茶を飲んでいるときに、お饅頭《まんじゅう》を一つ取り上げて、義母は言った。

「このお饅頭一つをみんなで分けるとしたら、どんなふうに分けたらいいと思う？私はね、まず半分はアッくんに渡すわ。それで残りの半分は孫にあげるの。残りを私たちで半分ずつ分けて食べましょう」

すなわち一つのものがあったら、二分の一は夫、四分の一が娘、そして八分の一ずつを私と義母で食べるというのが、わが家の配分だと言うのだ。何があってもアッくんを優先し、次に娘、母親はその残り物で満足しなければいけないと、彼女は言いたかったのだろう。

母がわが子のために犠牲を払うことはよくわかる。私だって娘がお腹を空かせて泣いていれば、たとえ自分が何も食べていなくても、我慢して娘に食べ物を与えるだろう。だけど夫婦であれば、半分ずつ分け合うのが互いの愛情ではないのだろうか。夫が二分の一、私が八分の一というのは、家庭の中であってはならない格差ではないか。私はそれが当たり前になるような夫婦関係を築いていきたいとは思っていなかった。

しかし義母は常に息子を大事にして、何事も息子一番に考える育て方をしてきたのだから、それで育てられたアッくんは、それが当然と思っていた。家庭においてもなんでも自分の思いどおりにやれるものだと思っていたのだろう。母と子、二人だけの家族においては、それで良いのかもしれないけれど、新しい家族を作ったのだから、夫婦という単位で互いに思いやる心を持ってこそ、うまくいくのではないだろうか。

アッくんのマイペースで自己中心的な考え方は、こうした親に育てられたからなのだということが、次第にわかってくるのである。

彼女の息子第一という考え方は、常軌を逸していた。私が出産する直前に、アッくんが実家のある名古屋に転勤となったのも、実は義母の策略があってのことだと、あとになってわかったのだ。

私たちが勤務していた会社の常務は、戦時中に義母の父親と同じ軍隊におり、上官と部下の関係であったらしい。こうしたことから常務は上官の娘からの依頼を断れず、名古屋への転勤の辞令がくだされたのだ。

義母の考えはこうだ。私が出産を控えた年の正月に息子は腎盂腎炎で入院した。健康管理がきちんとできていなかったのだろう。これから出産育児に手を取られる嫁に、このまま息子を任せてはおけない。嫁の体調も芳しくなく、家も大変な時期だから、私の近くの名古屋支店で働かせよう、ということである。

私の妊娠中に夫の転勤が決まり、実家を離れ、乳児を抱えてまったく知らない場所で暮らす不安に私がどんなに苛まれたか。そんな嫁のことなどまったく頭になく、ただわが息子のことしか頭にないのであろう。

あとになって偶然にその事実を知ったとき、あの頃の大変さを思い浮かべながら、何という義母だろうと、鬼のようにも思った。

こうした親に甘やかされて育った息子であったから、会社に行きたくなければ布団に潜り込んで駄々をこねる、お風呂に入りたくなければ何日も入らない、そんな大人に育ってしまったのではないだろうか。アッくんはまとわりつくような母親の愛情を、ときには面倒くさいもののようにも感じていたようだったが、それでも最終的には愛情あふれる母親の元へと帰っていっていた。そこには〝女の細腕ひとつ〟で育ててもらったことへの恩義もあったのだとは思う。

私が義母の行動などで何か口に出そうものなら、「君は冷たい」「女手ひとつで大学まで行かせてもらった負い目がある」と叱られる。義母が息子第一であるように、息子のアッくんも自分の母親が第一。妻も娘も二の次だったということだ。

嫁はライバルですか？

義母は身なりに人一倍気を遣い、見た目も若く見えた。もしかしたら大事に育てた息子が選んだ嫁に、ライバル心を持っていたのではないかと今さら思うことがある。

たとえば私たち家族が義母と一緒に出かけるときは、必ず義母は息子の隣に寄り添っている。彼女にとって一番嬉しいことは、息子と二人で歩いていて、カップルに間違われることだった。そんなときには満面に笑みを浮かべて、私のほうに声をかける。

「あらやだ、親子なのに、そう見えないのかしら」

息子が老けて見えるせいもあると私は思うのだが、もちろんそんなことは言わない。

「お義母さん、若く見えますから」

私はお義母さんが期待する言葉をちゃんと言う。彼女は満足したようにうなずく。

私の気持ちなどお構いなしだ。

私だって最初は、クセのある義母だけど、上手く付き合っていこうと考えていた。だがなにか事ある度に、気持ちを逆なでするような行動が、私に諦めのような思いを募らせていった。反論でも、反発でもすれば良かったのかもしれないが、若い頃は〝いい嫁〟でありたいという呪縛が自分自身を苦しめていたのだ。アッくんが常に義母の味方をするのも、私が義母を遠ざけたいと思った理由の一つかもしれない。

私は義母に対し、忘れられない出来事がいくつかある。今も考えると頭の中がモヤモヤであふれかえってきそうだが、そのいくつかを紹介したいと思う。

まず、私が妊娠3カ月の頃。つわりがひどく体調がすぐれず、一人アパートにいると、義母から大きな段ボールの箱が送られてきた。中には白い布地がどっしりと詰まっていた。荷物と一緒に入っていた手紙に「おむつは自分で縫って作りなさい」と書いてあった。当時はまだ紙おむつはあまり使われておらず、出産前には布おむつを揃《そろ》えなければならなかった。でも市販品の布おむつもあるし、私の母も時期が来れば少しずつ用意しようと言ってくれていた。

確かにおむつは必要だけど、この段ボールに押し付けがましさを感じた。手紙にも私の体を気遣う言葉は一つもない。何という人だろうと思いながら、それでも若かった私は義母からの言葉に従って、ふっくらと張りだしたお腹をかばいながらミシンを踏んで、意地のようになりながら、何枚も何枚もおむつを縫い続けた。送られてきた布地をすべて使いきったときには、150セット、300枚のおむつが仕上がっていた。

妊娠6カ月くらいのときには、わが家を訪ねてきた。安定期に入って体もふっくらと妊婦らしくなっていた私の姿を見て、「すごい腕とお腹だわねぇ」と無神経に言って、私の二の腕を触って笑った。ちなみに義母はとてもスレンダーな体型をしていた。何というデリカシーのなさかと、私はそのときもとても嫌な気持ちになったものだ。

名古屋で暮らしているときには、頻繁に私たちの家に遊びに来ては、娘の相手をしてくれるのだが、それがまた大変だった。まだ1歳くらいの子どもに対して、高々と抱き上げたり、大きな声を出して驚かせたりする。すると娘は大興奮。大きな声で笑ったり、叫んだりしてはしゃぐのだが、義母が帰ったあとに寝かしつけると、必ず夜泣きをしてしまう。

「もう少し穏やかに、相手をしてくれるようにお義母さんに言ってくれない？」

直接、義母に言えば角が立つと思って、アッくんに言っても、当然のごとく聞き入れない。

「せっかく、おふくろが孫の相手をしているのに、君はいつも文句を言う」

叱られるのはいつも私ばかりであった。

あるときにはこんなこともあった。孫の顔を見たさにわざわざ母が川崎から名古屋に遊びに来たことがあった。娘がまだ歩きだす前のことだったと思う。するとアパートでわが家然として待ち構えていた義母は、母を迎え入れてもてなした。しかも母の気持ちを知ってか知らずか、ずっと孫を抱っこしたまま手放そうとしなかった。半日ほど過ごして家に戻るという母は、帰りの新幹線が着く5分前に義母に申し訳なさそうに言った。

「この子を抱かせてくれませんか?」

そうしてようやく義母は娘を母に渡し、新幹線がホームに入ってくるまでの5分間、やっと抱くことができたのだ。

こうやって振り返ってみても、いろいろなことが思い浮かぶ。他人からは些細《ささい》なことと思われるかもしれないが、若かった私にはその一つひとつが悔しく、悲しく、そして辛かった。我がことながら、よくぞ耐えてきたと思う。

私には息子はいないから、嫁を迎える義母の立場になることはないが、義母のような大正、昭和の戦前に生まれ育った女性たちは、自分自身が家という大きな重しの中で不自由に暮らしてきたから、我慢も多い人生だったであろう。だからその価値観を自分の嫁たちにも当たり前のように押し付けてしまうのかもしれない。こうして私たちの世代の女性の多くは、嫁姑問題で苦労している人も多いから、自分はそうはなりたくないと体験したからこそ強く思う。

今となればとてもいい勉強をさせてもらった。だからこそ娘夫婦には、自分のような思いをしてほしくないと、距離をとって、あまり口出ししないようにと気を配っている。

義母の金銭問題が発覚

義母との関係で、私が最も心を痛め、苦労したのは、夫の転勤で移り住んだ名古屋での時代だった。名古屋で10年近く過ごしたあとに、夫の東京への転勤が決まったときには、何よりも義母と離れることができてホッとした。

その後の嫁姑の関係は、名古屋時代と比べれば平穏であった。義母が年に何回かはこちらに遊びに来ることもあり、その間いくつかの「えっ？」と思うような出来事はあったが、この場限りと思えば我慢もできたし、笑顔で対応することもできるようになった。相手を知れば、大人の対応ができるようにもなる。私もずいぶん成長したものだ。

川崎に戻ってから間もなく、私が一度、離婚したいと言いだしたことも、嫁姑関係に距離ができた原因の一つであったろう。離婚の話が出たときに、いちばん反対をしたのが義母であった。彼女にとってはわが息子が正義であったから、息子には落ち度はない、あなたこそ嫁の役割を果たしていない、我慢が足りないと、すべて私が悪者にされて、ひどい言葉を投げつけられた。

また、親族会議と称して義母は自分の身内を呼び集め、この家の恥と、みんなの前で私の両親に対しても同様に非難の言葉を浴びせたのだ。このときは親にも申し訳なく、ずいぶんと心を傷つけられた。

アッくんとは再びよりを戻すことになっても、この経験がしこりとして残り、義母とはいっそう距離を取りたいという思いが強くあった。

あれだけひどい言葉を投げつけておいて、結局は離婚せずに息子夫婦がまた一緒に暮らすことになって、義母としても体裁が悪かったのかもしれない。向こうもその後はなんとなく私とは距離をとって、頼みごとがあれば、息子に直接頼むようになった。

義母にとって私は「結婚したての若い頃はずいぶん素直だったのに、だんだん我が強くなって、扱いにくくなった」と思われていたのではないだろうか。私も義母に対して、やっと自分が出せるようになったということだ。

そうした義母との間で、再びトラブルが勃発するようになったのは、義母が70歳を過ぎた頃からだ。仕事を退職して一人暮らしをしていた義母が、息子の側で暮らしたいと言って、家を処分して横浜の高齢者住宅に引っ越してきたことからはじまる。

体も健康で、社交性もある義母は、こちらに来てからもパート仕事をしたり、新しい友人を作って一緒に出かけたりと、それなりに生活を楽しんでいるようだった。いつかは手助けも必要になるときが来るだろうけれど、なるべく長く自立してがんばってほしい、と思っていた。だから私たちは彼女に対して、ほとんど口出しせずにいた。

あるとき、アッくんの名古屋時代からの友人から連絡が入る。

「お母さんからお金を貸してくれと言われたが、知っているか」と言うのである。

私たちはまったく聞いていなかった。だが、義母には前歴があることを思い出した。その数年前、義母からお金を貸してほしいと言われたことがあったのだ。

「130万円あれば助かる」

「そんな金額、何に使うのですか」

「言いたくない」

そのときには私も仕事をはじめ、共働きをしていたから貯金がないわけではなかった。しかし家を買って住宅ローンもあり、娘もこれから大学に進みたいと言っている。はい、わかりましたとポンと出せる金額ではない。

「息子が立派な社会人になって、あなた方の家族がこうやって暮らしていけるのは、私が苦労をして大学まで出したおかげ。今までこれだけやってきたのだから、貸してくれて当然でしょう」

義母はそう言うのだが、私たちは義母の懐《ふところ》事情はまったく知らない。でも、家を売ったときにまとまったお金が入っただろうし、ずっと働き続けていた義母には日々の生活には困らないだけの額の年金も入っていたはずだ。なぜこんなお金が必要なのかと問いただしても、頑としてその理由は言わないのである。

結局、私たちは月々返済してくれることを条件にお金を貸した。

さすがに義母のお金のことで友人から連絡があったときには、アッくんも他人を巻き込んでいることに呆《あき》れ返ったが、結局義母は借金を申し込んだアッくんの友人を非難して、自分でお金を用立てた。

また、90歳を過ぎても、生活態度やお金の遣い方は改善されることはなかった。

アッくんの誕生日に呼ばれたので、社会人になったばかりの娘も連れて3人で義母の家に向かったときにも、借金の要求をされた。

「なんでお金が必要なのか」

「言えない」

「以前に貸したお金はどうなったのか」

「言えない」

「じゃあ、いくら必要なの」

「60万円」

義母はさらりと言って、私たち家族の顔を見渡した。

「3人いるから、一人20万円ずつでいいわ」

孫からまでお金を借りようとするのかと、私と娘はあ然とした。

ところがアッくんは「20万円なら……」などと、自分の懐を算段しはじめた。相変わらずのアッくんである。

借金を繰り返す人は、結局、自己管理能力に欠けているのではないかと思う。収入も貯金もなく、日々の暮らしにも困って人様からお金を借りてしまうのならまだ理解もできるが、義母には十分な年金収入と、家を処分したときのお金もあったはずだ。雨風をしのぎ、食事にも困らない環境も整っている。それでもお金が足りないというのなら、それは自分の生活をしっかりと見直すべきであろう。

その意思がまったく見当たらないにもかかわらず、いくら身内だからといって言われるがままにお金を貸すのは本人にとって良くない。お金が安易に借りられると思えば、また私たちに無心するようにもなるだろう。このままズルズルと、私たち家族まで借金地獄に引きずり込まれたら、困るのは我々家族のほうだ。

私はそう考えてアッくんに話し、頑として義母からの借金の申し出を拒否した。

このとき私は夫に、高齢の母親を持つのだから、息子としてしっかりと金銭の管理もするべきだと忠告したが、例の「おふくろにはおふくろの考えがある」と一蹴されてしまった。それがその後とんでもない事態を引き起こすことになるのだが……。

義母の顛末《てんまつ》

昭和元年生まれの義母は、92歳で亡くなった。80歳を過ぎても体は元気で、認知症にもならずに、マイペースで暮らしていた。お金の不安を抜きにすれば、自立してしっかりとよくやっていたほうであろう。さすがに高齢になってからは、たまに顔を出して様子を見ていたが、それなりに晩年を楽しんでいたと思う。

ただ、私たちを悩ましたのが、やはりお金であった。

「借金が返せない。100万円貸してくれ」

アックんのもとに再び連絡が入った。頭がしっかりしているとはいえ、もう90歳に近い高齢である。以前のように本人の責任と放置することはできないと私たちも覚悟を決めた。そうは言ってもわが夫は、相変わらず頼りにはならない。

義母の私たち夫婦への接し方は明白である。夫には甘える。私の言うことは無視をする。私たち家族の中でいちばん素直に耳を傾けてくれるのは、孫の言葉であったから、私たちは娘も連れて義母の自宅へ行き、なぜお金が必要なのかと尋ねた。すると渋々と何通かの手紙を私たちの前に出した。督促状である。

「なんでこんなにお金を借りたの?」

思わず声を荒らげそうになるのを抑えて、義母に言った。

彼女は若い頃から何枚かのクレジットカードを持っていた。今でもお金が足りなくなるとそのカードでお金を借り、返済期限が来るとまた他のカードからお金を下ろして、どうにかやりくりをしていたらしい。

「貯金はないの?　通帳は?」

また嫌々ながらに通帳を出す。しかしそこにはほんのわずかの残金しかない。あれだけ年金をもらっているのに、どうしてこれだけしかお金がないのか、思わず目を疑いたくなる金額である。

義母の暮らしぶりはとても派手で、この歳になってと思うほどよく洋服や装飾品などを購入していた。また友だちや親族などによく贈り物をするのが好きだった。私の両親にも盆暮れの度に贈答品が送られてくるので「お互いに年金生活なのだから、気遣いをするのはやめましょう」と言っても聞く耳を持たなかった。

義母は贈り物をしていれば人間関係がうまくいくと考えていて、そうした関係を築くことでお金を借りたいときには貸してもらえるのだと思っていたのであろう。あとになってわかったことだが、自分の兄弟、さらには古くからの友人たちにも借金の無心をしていたのだ。

自分の収入でやっているものだと思っていたから、とやかくは言うまいと思っていたが、金勘定よりも見栄が先に立ってしまうのであろう。

それにしても、80歳を過ぎた老人がこのようなお金の使い方をしていて、平気でお金を貸すローン会社もどうしたものか。もちろんそうした状況を放置していた身内も、責められるとは思うのだが。

見せられた督促状の金額を合算すると、確かに100万円は必要だった。だが本当にこれだけなのだろうか、という疑惑も浮かぶ。通帳も以前のものはすべて捨てたと言って、現在使っている数冊だけしか手元にないと言う。すべてをさらけだすつもりはないようなのだ。

困った私たちは、地元の法テラスへ相談に行った。そこでは、自己破産をするようにすすめられた。

「カードが使えなくなり、お金を借りることもできませんが、年金はきちんと支払われますので、生活に困ることはないでしょう」

担当の弁護士からその話を聞き、私たちはそれがいちばんの方策だと思い、義母に自己破産の手続きを取るようにすすめた。本人も一度は了承したものの、裁判所に行って面接を受けなければいけないことも伝えると、とても不安そうな顔をしていた。

しかし、それが大きなプレッシャーになってしまったようだ。

ある日、自己破産に必要な書類に捺印が必要なため、義母の元を訪れると、手が震えて印鑑が押せない状態だった。その数日前には健康診断に行き、体は健康そのもの、脳にもまったく異常はないと言われていたのにである。突然に体の調子が悪い、めまいがすると言いだし、さらにわけのわからないことまで口走る。私たち家族は彼女が自己破産をするのが嫌で、演技をしているのではないかと疑っていたのだが、今でもその真相はわからない。

明け方に夫に電話が入り、「動けなくなったから助けに来て」と言ったこともあった。慌てて駆けつけると、隣に住む夫婦に介抱されていた。

まわりにも迷惑をかけ、食事を取らなくなっており、心配だったので入院させると、老人性の鬱が疑われると言われた。

このとき、アッくんは勇敢にも「母親の面倒は俺が見る」と言いきり、医師から延命治療について問われると、涙を浮かべながら、「胃ろうを付けてでも延命治療をしてほしい」と答えた。

この人の母親に対する思いは、本当に強いのだと改めて感じることができた。ただ、残念なことに思いと行動に乖離《かいり》があるのもアッくんらしい。いざ現実に義母が入院すると、彼はほとんど何もすることはなかった。いや、できなかったと言ったほうがいいかもしれない。

やはり男性が実の母親の面倒を見るというのには限界があるのだろう。下着を汚してしまった義母の側で夫は呆然と立ち尽くしているだけ。結局私が片付けることになり、アッくんから頭を下げられた。

義母はその後、特別養護老人ホームに転院し、半年ほどで亡くなった。食事を取ることもできなくなり、最後は自分のことも家族のこともわからず、静かに逝ってしまった。

いろいろなことがあったけれど、多分彼女の90年余りの人生に悔いはなかっただろう。自分らしく、思いどおりに生き抜いたのだと思う。

義母の自己破産に関するその後のことも書き添えておく。

自己破産の手続きを弁護士に依頼すると、義母の過去における借金のことが明らかになった。実は名古屋にいた時代から、かなり借金があったのだ。結局、カードローンの過払い金があったため、それを取り戻せば借金は相殺できることがわかった。

裁判に時間がかかったため、最終的には義母が亡くなって一年近く経ってから、すべての事務作業を完了することができた。少しだけ戻ってくるお金もあり、そのお金で、個人的に親戚や友人から借りていた分もすべて返し、義母の人生における負債をゼロにすることができた。遺された家族としての最後の仕事となった。

本来であれば息子であるアッくんが、もう少し早くから親のお金についてもっと踏み込んで知っておいたほうが良かったし、サインもいくつかあった。しかし現実問題として、親がいくつになろうとも、親の懐事情を知るというのは難しい。私の父などもそうだが、たとえ実の子どもであっても、なかなか自分の懐事情は教えたくないようだ。

義母に関しては、お金を巡るいざこざに最後まで振り回された。それでもきちんと決着を付けることができただけでも、良かったと思いたい。

ただアッくんは、ずっと信頼をしていた母親に、最後の最後で違う一面を見せられてしまい、大きなショックを受けていた。

【ティー・ブレイク③】

好みが分かれる個性派ティーの代表格

好き嫌いはあれ、個性というのはその存在価値を人に強く印象づけるもの。義母の個性に四苦八苦した私だけれど、相性の良い個性を感じる紅茶をあげるとすれば、「キームン」。「キームン」は中国を代表する紅茶です。伝統的な製法で手間ひまをかけて作られる上質な味わいで、ちょっと独特のスモーキーな香りがします。高温多湿な山岳地帯で栽培されているため、テアニンが多く含まれているので、リラックス効果も高いと言われています。

しっかりとしたコクがあり、渋みがあまりないので、「ブレックファスト・ティー」によく合います。

キームン・ティー

味わいの特徴……独特な香りとまろやかなコク

水色……黄みがかった褐色

飲み方……ストレート、ミルクティー

第4章　娘の責任

一人娘は辛いよ

夫と義母の関係を見続けている中で、親子の関係とはこれほどの絆で結ばれるものなのかと感じることも多かった。母一人子一人という環境が、義母にとっては唯一の頼るべき存在となり、息子に依存していたのではないかと思う。

アッくんはときとして、そうして密着してくる母親を重苦しく感じることはあったようだ。それでも結局は、妻である私より、常に優先順位は母親にあった。それは義母が亡くなるまで変わらなかった。

そうした夫を持つ私は、最後までうまく義母との距離を縮めることはできず、嫁姑関係ではとても苦労した。その分、自分の両親にはずいぶん助けられた。特に母は出産後の辛い〝育地獄〟に苛まれたとき、私の気持ちに寄り添ってくれた。彼女の助けがなければきっと、その暗闇から抜けだすことはできなかっただろう。

私は日本に一気に子どもたちの数が増えた時代に生まれ育った。あの頃は今と違ってきょうだいが二人、三人いるのが当たり前で、一人っ子というのは珍しかった。私は女の子でもあったし、若い頃は見た目もおっとりとしていて、傍からはずいぶんと甘やかされて育った一人娘なのだろうと思われることも多かった。

だが私の子ども時代は、けっして恵まれた環境にあったとは言えない。

昭和一桁生まれの年代の男性の多くはそうであったのだろうが、父はかなり典型的な亭主関白の人であった。家庭においては父親が第一。妻も子どもも、家の主の意見に従うのが当たり前だと考えていた。女性である妻や子を見下すような言動も多々あった。

戦後の男女平等の教育を受け、男友だちとも気軽におしゃべりをして仲良く過ごしていた私にとっては、父親の考え方が古臭く感じられ、抑圧されているようにも感じて、家はとても窮屈な居場所だった。

父は一人娘も自分の考えに従わせた。「女に学問は必要ない」と言って、高校卒業後は友人たちが大学や短大に進学している中で、私は就職することを選ばされた。世の中がどんどんと変わっていく中で、女性も活躍する時代が来ていた。それを感じながら、私は長年、もっと勉強をしたい思いで、満足できずにいた。

一方、私は父に反発を感じてはいたけれど、それを自分の力で覆すことはできなかった。父の庇護から逃れるためには、別の居場所が必要だ。けっして居心地のいい家庭ではなかったから、早く結婚して自分の思い描く家庭を築きたいと思った。だから20歳のときにアッくんとの早すぎた結婚を決めたのかもしれない。

結婚後、私がさまざまな苦難に直面したときも、父は救いの手を差し伸べてはくれなかった。夫に従うのが妻、女は我慢、一度結婚したならば戻ってくるなということである。娘の幸せよりも世間体を大事にする人だった。

結局そんな父に生涯連れ添った母は、我慢の連続だったのだろうと思う。だからこそ私の苦しみを理解して、そっと優しく支えてくれた。母があってこその私であったと今も感謝している。

そんな私も娘を持って人の親となり、夫との関係に苦慮しながらも結婚生活を続けてきた。社会に出て仕事をするようになり、一人の人間として成長していくことができた。それと同時に父も母も年齢を重ね、また社会の変化によるものか、あの頑固だった父も徐々に穏やかになっていった。

そしていつの間にか子どもが親を頼る立場だったものが、子どもが両親を支えていく逆の立場になっていくのだった。

一人娘の責任は重い。一人っ子同士が結婚した場合、本来であれば夫婦二人で4人の親を看る、というのが一般的ではないかと思うのだが、わが家の夫は、私と義母には良好な関係を求めながら、私の両親に対してはけっして積極的に関わろうとはしない人だった。だから両親の晩年を、私はたった一人で担う経験をした。多くの苦労もあったし、学びもあった。

今、両親を看取った一人娘として、その歳月を振り返ってみたい。

同居で知った親と暮らす難しさ

私たち家族が名古屋から戻り、離婚騒動もどうにか落ち着き、もう一度家族3人で暮らしはじめた頃のことだ。なんとか家族の再生を試みていた私たちは、家を購入することを考えた。

そのときに近くに住んでいた両親との同居の話が持ち上がった。私は仕事をはじめていた。中学校に通いはじめた一人娘もまだまだ心配だし、目も離せない時期であった。両親と同居すれば、娘にも目が届き、そこそこ若かった母にも家事を手伝ってもらえるのではないかという思惑もあった。両親も前向きに考えてくれると言う。

何より二世帯住宅にすれば費用は折半になるから、持ち家を購入することも可能になる。私は一人娘だから、将来、親の面倒を見るのにも一緒に暮らしていれば安心と、いいことずくめのように思った。

私たちは両親と相談して、これまで互いに暮らしていた家の近くに手頃な土地を見つけて、二世帯住宅を建てた。そのときはあまり深く考えもせず、みんなで一緒に暮らすのだからと玄関もキッチンもお風呂も一つにした。両親は1階、私たちは2階を住居に。2階用に、コンパクトなシャワールームも設置することにした。

ところが一緒に暮らしてみると、さまざまな部分で弊害が出てきた。まず親世代と、若い娘を持つ子ども世代の生活時間の違いがあった。両親たちは9時には布団に入るという早寝の習慣がある。2階に上がった私たちは、まだまだ宵の口という気分だ。ゆったりくつろいで、娘と私がテレビのバラエティー番組を見ながら笑い声を立てても、それが階下に響くらしい。

「うるさい！　いつまで起きてるんだ」

下から父の怒鳴り声が聞こえて、思わず娘と二人で顔を見合わす。音量を小さくして、笑い声も我慢して見るバラエティー番組ほど楽しめないものはない。足音も忍ばせて移動にも気を配る。くつろぎの夜が、苦痛の夜に変わっていく。

またキッチンが一つというのも、大いなるトラブルの原因だった。それぞれに主婦歴を積み重ねてきた母と私の対立を生んでしまうのだ。母としては私はいくつになっても子どものまま。キッチンで私が料理をしているとアレコレと口を出してくる。私も主婦になって十数年。自分なりのやり方で家事をこなしてきたから、「私のやりたいようにやらせてよ」と言いたくなる。一家に主婦二人はいらないと言われるが、なるほどこういうことであったかと納得する。

娘は娘で、最初はおじいちゃん、おばあちゃんと一緒に暮らせると喜んでいたものの、世代格差が大いなる弊害を生む。特に孫が心配のあまり、事細かに口出ししてくる祖母の存在が次第に鬱陶しくなってしまったようだ。

仕事に出ている私の代わりとばかり、「何時に帰ってくるの?」「どこに行くの?」「誰と遊びに行くの?」などといちいち質問するものだから、行動を見張られているような息苦しさを感じるのだろう。母としては孫を心配してのことなのだろうが、中学に入り、そろそろ自立して、秘密も持ちたい難しい年頃になっていた娘にとっては、その構いぶりがウザったい。だんだんと二人の関係がきしみだしてしまった。

揚げ句の果てに父親と夫の間には、かなりの暗雲がたれこめてきた。もともとお互いに頑固でマイペース。私から見れば、似ているところも多い二人だけれど、それだけに反発心も湧くのだろうか。何が原因というわけではなかったが、日頃の所作が互いに気に入らないらしく、口も利かないような険悪な状態へとなっていった。

3世代、家族5人、仲良くひとつ屋根の下、という当初に描いたサザエさんのようなイメージは、ガラガラと崩れ去り、家族それぞれが対立し、どうにも立ちいかない状態になってしまった。

私たちが負担する住宅ローンがあるし、どちらかが出ていくという方法も難しい。私たちが捻《ひね》りだした結論は、リフォームであった。

家を建ててからまだわずか7年しか経っていなかったが、家族存続のためのやむを得ない手段であった。

前回の失敗を糧にして、今度は完全分離の二世帯住宅にした。外階段を付けて1階と2階それぞれに玄関を付け、キッチンもトイレも二つ。上下をまったく遮断して、インターホンのみでつながった。借金は増えたものの、これから長く両親と暮らしていくための、これが最善の方法であったと思う。

毎日顔を合わせていた両親が、ときには1週間、顔を合わさないこともあった。買い物帰りの母にばったり会って、「お久しぶり」と声をかけて互いに笑い合ったりもした。まだ両親も元気であったから、ちょうど良い距離感ができた。

それでも家族の誕生日やクリスマス、お正月などのイベントのときは、どちらかの部屋に集まって一緒に食事をしたり、おしゃべりをした。久しぶりに会えるからこそ、互いに少しは気配りをして、楽しい時間を過ごした。

これから親との同居を考えている人には、親が自立しているうちは完全独立の二世帯住宅を断然おすすめしたい。サザエさん一家のような3世代の同居は、現代では難しいだろう。付かず離れずの距離感が、成人した子と親の最適な関係ではないだろうか。私は思い描いていたよりも多くの時間とお金をかけてしまったが、この正解にたどり着いて本当に良かったと思う。

家族が病気で倒れたら

一人娘ということは、親の看取りも一人で背負うことになる。それは十分に覚悟の上だった。夫は私の両親と同居していたものの、「キミの親なんだから、キミが見るのが当然でしょ」と言い放っていた。

私はもちろんアッくんを頼ろうとは思っていなかったから、一人っ子の責任として、一人でできるだけのことをしようと意気込んでいた。でも現実には、一人で高齢の両親のすべてに対応することは、不可能に近いということも知った。それは一人っ子に限らず、きょうだいがいても同様なのだと思う。

一人育児で苦しんだときと同様に、一人で介護をするということは、精神的に追い詰められてしまうことである。昔はそうした役目を、すべて嫁が担っていたのだと考えると、我慢の時代を生き抜いた女性たちは、本当に強いと思う。

現代は超高齢化社会である。私だけでなく、同世代の友人たちの多くは、80代、90代になった親を抱えている。それぞれにみんな苦労を背負っているが、それでも今は高齢者の病気や認知症などにより、家族だけでは看護や介護が難しいときに、利用できるさまざまなサービスがあるのはありがたい。私もこうした制度のことについて勉強して、実際に多くの方々に手助けをいただき、きめ細やかな対応をしてもらった。それがなかったら私も両親を納得のいく形で看取ることはできなかっただろう。

母は9年ほど前、80歳のときに健康診断で肺がんが見つかった。すぐに手術を受けたが手の施しようがなく、そのまま胸を閉じた。そのときに余命3カ月と言われた。それから入退院を繰り返し、母なりにがんばってくれて、闘病生活は2年間にわたった。

母の看護・介護にあたっては、もちろん一人娘としての役割は覚悟していたつもりであった。だが同時に、夫婦のどちらかが病気になったときには、やはり面倒をみるのは夫婦のもう一方ではないかとも思うのである。

父が病気になったら、母は当然のごとく面倒をみることだろう。ところが逆の立場になったとき、母は父よりも娘の私を頼った。

父の退職後も、母は家事全般を一人でこなしていた。料理もできなければ掃除も洗濯もしない父に、母は頼ることはできない、頼るべきではないと母は考えたのだろう。しかし代わりに頼られる私にだって生活はある。仕事もあれば、自分の家庭もあり、病人の看護だけに集中することは難しい。

母がまだ若く元気なときにはよく、「私は年をとっても、娘にはぜったいに迷惑はかけない」と言っていた。当時のその気持ちは正直なものだったのだろう。だが実際に年をとり、自分の体が不自由になると、悲しいかな、過去のそうした言葉もどこかに消えていく。母は父には頼れないと思っていたし、他人にも迷惑をかけたくない。

わがままを言えるのは娘だけだと当初は頑なに信じていた。

はじめて入院したとき、母は何をするにも娘の私の手を求め、看護師さんたちには遠慮をした。たとえば手術後にベッドの上で全身を管でつながれて自分で動くことができなかったときには、おむつの交換さえ娘にやってもらおうとした。

看護師さんがおむつ交換をしようとすると嫌がり、「娘が来たらやってもらうのでいい」と言う。私が看護師さんたちにお願いするように言っても、母は頑として聞かない。仕方がないので、最初は面会時間がはじまるとすぐに駆けつけ、母の世話をするようにした。着替えや食事、トイレの介助、何をするにも娘の手を求め、私はそれに応えようとした。

父が見舞いに来ても、何を頼むのでもなく、ただ娘に対してだけ依存した。父も、母の世話は娘がやるのが当然というように、何の手助けも、感謝の言葉もなかった。

それでも私は母のために、一人娘だからと、最初はがんばった。しかしそれにも限界はある。仕事が終わって病院に駆けつけ、母の世話をしてから家に戻り、家族のための家事をする。そうした看護の日々にさすがに体力を使い果たし、ダウン寸前となってしまった。

見るに見かねた娘が夫に、おじいちゃんを説得してくれるように話をしてくれた。娘も、夫婦が互いを助け合うのが基本だと考えてくれていたからであった。

今でも話術で人を説得させることが好きな夫は、こういう役回りには力を発揮する。

「お義母さんはあなたの妻なのだから、まずはお義父さんがその世話をするのが道理だろう。それで手が足りなければ娘がサポートするのが本筋ではないか」

アックんは、父をそうやって説得してくれた。

父はようやく自分の役割を認識してくれたようだった。それからは毎日のように自転車で母の病院に通うようになった。洗濯物を持って帰っては、家で洗濯をして再び届けるなどの世話をするようになった。同時に自分の身の回りのことも、自分でやるようになっていった。簡単な料理や部屋の掃除も、心配して私が覗《のぞ》いてみると、案外楽しそうにこなしていた。以前の父からは想像できないほどの姿になっていた。人間誰でも、やればできるのである。

こうして母の入院によって、父親も80歳を過ぎてようやく自立した暮らしができるようになった。

入院している母の面倒は父が中心になってやり、私がそれを支えていくという立場を明確にしたことで、家族全体がうまく回るようになった。私は母が食べたいという料理を持っていったり、話し相手になるなど、仕事の合間にできるだけ足を運んだが、父がしっかりと看てくれていることで気持ち的にも余裕ができた。一人娘としての役割は、まだこれからとも考えていた。

母を看取る

がんで余命3カ月と宣告されたことは、父と相談して母には黙っていた。母の性格から、余計に気持ちが落ち込んで、命を短くしてしまうのではと考えたからだ。

それはいい選択だったと今でも思う。母は入院中も前向きで、早く元気になって家に戻りたいと言っていた。数回にわたり入退院を繰り返し、ようやく症状が落ち着き、自宅に戻って療養することになったときは、心の底から嬉しそうだった。

母は肺の機能が落ちていたため、肺に酸素を送り込む管を24時間装着していることを強いられた。外出の機会は限られたが、家の中は長い管をつけたままだが自由に動き回ることができた。晩年はベッドに横たわっている時間も長かったが、それでも気ままに動き回れる自宅は、やはり居心地が好かったのだろう。

とはいえ、さすがに家族だけでの介護はむずかしく、私たちは病院から紹介されたケアマネージャーさんと相談して、毎日ヘルパーさんに来てもらい、いろいろとサポートしていただいた。

親を自宅で介護する経験を通して、いろいろなことを学ぶことができた。

自宅で介護・看護を必要とする家族と共に暮らすことは、思った以上に負担が大きい。いくら病状が安定しているといっても、24時間いつ何があるかわからないという不安があり、常に誰かが目の届く場所にいるようにした。家族は日々、気の抜けない時間を過ごすことになる。

主に日常は、父がその役割を担ってくれた。私が母と過ごせるときに「たまには息抜きをしてきたら」と父に言うと、父は馴染みの近所の居酒屋さんに嬉しそうに出かけていった。そうした時間がとても大切なものなのだ。

介護される側の母にとっても、肉体的なしんどさや思うように動けないという精神的な辛さもあって、ときには家族にわがままを言うこともある。こちらにゆとりがあれば優しく接することもできるのだが、常に受け入れられるだけの余裕があるわけではない。互いに思う気持ちはあるものの、なかなかそれが形にならないこともある。

そんなときにケアマネージャーさんのアドバイスがとても参考になった。

「介護は家族ががんばり過ぎないことも大事ですよ。最後の最後は家族にしかやれないこともあります。だからそれまではヘルパーさんなどの力をなるべく借りて、みんなで気分良く回していく方法を考えましょう」

そう言われて、肩の荷が少し軽くなった。ヘルパーさんたちはいつも、母にとても優しく接してくれて、だから母も気持ちよく過ごすことができた。週に2回の入浴のサービスを楽しみにし、入浴後にしてくれるマッサージもとても気持ちいいと喜んでいた。家族では難しいこと、ときには身内だからこそ厳しくなってしまうようなことも、そうした専門家の人たちが関わることでずいぶんと和らいだ時間をつくることができた。

最後の年の春、母が横になっているベッドの前の窓から、見事に咲き誇る桜が見えた。

「きれいだねぇ。春だねぇ」

母は言った。次の年にはこの桜を見ることはもうできないことを母はわかっていたのだろうか。その優しい笑顔が今も私の心に刻まれている。

母は残された最後の時間を、ギリギリまで自宅で家族と共に穏やかに過ごすことができた。余命3カ月と言われながら、母はその後2年間を生き延びることができ、家族に見守られて亡くなった。

今は多くのサポートをしてくれる制度が整っている。もちろん家族でなければできないこともあるが、家族でないからできることもある。プロフェッショナルとして仕事をまっとうする人たちがいる。そうした人たちの支えが本当に大切なことを、身をもって体験することができた。

父らしかった最後の時間

母が病気になってから、家事や身の回りのことを少しずつできるようになってきた父は、母が亡くなってからも、掃除、洗濯なども自分でやった。そのおかげで私が手を貸さずとも自立した暮らしが続けられたことは本当に助かった。

父は毎日、朝夕の散歩を日課として、夕方は散歩がてらスーパーへ行って自分の食べたい惣菜を何品かと、缶ビールと缶酎ハイを1本ずつ買って帰ってくるというのが常だった。近所の飲食店にもしばしば足を運び、そこで飲み仲間ができて一緒に旅行などにも行っていた。

ときには一人、大好きなお酒が過ぎて酔っ払い、家の近くの道路で寝込んでしまったこともあった。ご近所の方から「お宅のおじいちゃんではないですか」と家のベルが鳴り、駆けつけると本当に酔っぱらって寝ていたこともある。そのときは父をひどく叱責してしまったが、父はあまり反省した様子ではなかった。なんという父だろうとため息も出たが、晩年は一人で好き勝手に生き、十分に幸せな父だったと思う。

その父にも、突然の病が襲った。母が亡くなってから3年ほどしたある日、わが家とつながっているインターホンから、父の苦しげな声が聞こえた。慌てて駆けつけると、腰が痛くて動けないとうずくまっているのである。すぐに病院へ連れていき検査をすると、末期の大腸がんであった。

母が倒れたときには私と父とで相談し、がんの告知はしなかったが、そのときのことを思い出したからだろうか、父はすべてを教えろと言うので、私たちは正直に症状を伝えた。

すぐに手術をしたけれど、がんは取り切れず、また肝臓や肺にも転移していることもわかった。86歳になっていた父は、抗がん剤治療を拒否し、自然に任せたいと言った。

しばらくして自宅に戻り、わが家では再び介護をはじめることになった。

母の経験があったので、懇意になったケアマネージャーさんなどとも相談し、自宅での介護の態勢をスムーズに取ることができた。母の病のときは父がいたが、今度は頼られるのは私一人である。娘も仕事をしていたし、アッくんも相変わらずの他人事なので、今度こそずっしりと、その責任と役割が私の肩にかかることとなった。

私が両親を共に介護して実感したことは、介護を受ける側の心の持ちようというのがとても重要なのではないかということだ。もちろん個人差もあるのだろうが、男女差というのも大きいのではないか。

母を見ていると、女性のほうが自分の状況を理解して、ヘルパーさんたちとも楽しく付き合い、うまく介護を受け入れていたように思う。父は、自身の病気は受け入れていたが、人に介護されることに抵抗が強かったようだ。男のプライドとでも言うのだろうか。

当初は他人に面倒を見てもらうことをかなり嫌がった父ではあったが、それでもケアマネージャーさんのはからいや、何度かヘルパーさんを交代してもらう中で、男性のヘルパーさんのほうが父が安心することもわかり、後半になる頃にはずいぶんと父の表情は和らいだ。

ヘルパーさんへ介護を依頼する場合は、人と人との相性もある。こうした部分は家族がうまく聞き取って、ケアマネージャーさんなどと話し合い、介護される人にとって良い環境を作ることも家族の役割であろう。そして仕事とはいえ、今回携わってくれたヘルパーさんたちは皆さん優しく接してくれて、本当に良くしてもらい、感謝の思いしかない。

父は病気が発覚した翌年のお正月も私たち家族と一緒にわが家で過ごしたが、4日になって体調を崩して、緩和ケアの施設が整った病院に入院することとなった。本人は入院したくないと言い張っていたが、すでに自宅で看るには限界が来ていたことは明らかだった。

その日の朝、私が部屋に迎えに行くと、一人でぼうっと外を眺めていた姿が今も目に焼き付いている。もうこの家に戻ることはないと、自分でもわかっていたのだろう。背中がとても寂しげであった。

それから1カ月ほどして、父は静かに息を引き取った。

父の葬儀では、花の代わりに缶ビールを祭壇にたくさん並べて、花祭壇ならぬビール祭壇で飾った。葬儀のあとで、参列にいらした方たちにそのビールを1本ずつ配り、「ビールが大好きだった父のことを、時々は思い出してくださいね」と伝えた。

娘の、父への最後のはなむけである。

墓じまい――〝家〟を閉じるということ――

母が亡くなり、父が病に臥《ふ》せたことで、私は実家の墓について考えるようになった。一人娘の私が結婚をしたことで、父が守っていた墓を継ぐものがいなくなってしまうからだ。父は分家であったが、すでに本家の血筋も途絶え、父が墓を守っていた。しかし父が亡くなれば、それも途切れてしまう。

ずっと以前からわかっていたことではあるけれど、具体的にどのようにするかを決めることを父は避けていたのではないか。

父も母もまだ元気な頃、実家の墓をどうしたらいいかと尋ねたことがある。すると父は「お前の好きなようにしていい」としか言わなかった。娘を嫁がせた父にとっては、先祖の墓への固執はなく、むしろどのように引き継いでいくかを考えることは、大きな負担になっていたのかもしれない。

母は亡くなる前に、「あの家の墓には入りたくない」と言っていたので、遺骨はお寺さんに預けたままになっていた。その行き先もまだ決めていない。

母が亡くなったときにお世話になった葬儀屋さんと懇意になり、いろいろと相談にのってもらった。私には実家のお墓を守ることはできない。そこで、墓じまいすることを考えるようになった。

お寺さんに行って、実家の先祖の墓を墓じまいしたいとお願いし、先祖の遺骨は合祀《ごうし》をして、母の遺骨は持ち帰った。

それからしばらくして父が亡くなり、葬儀の際には、仏壇に置かれていた先祖の位牌《いはい》を父の棺に納めさせてもらった。こうした方法があると葬儀社の方から教えてもらった。

父と母のお骨はそれぞれ分骨用の小さな骨壺《こつつぼ》に残し、それ以外は東京湾に散骨することにした。これは父の望んだことでもあった。

私は父と母を看取り、途絶えてしまう実家の最後を、責任を持ってすべて一人で行った。寂しくはあるけれど、私が生まれ育った実家の家系は、ここで途絶えることとなる。きちんと責任を最後まで果たすのも、私の役割であったのだろう。それを全うできたと思っている。

遺品の整理も専門の方に相談した。最初は自分で整理をしようとも思ったが、両親の荷物は膨大で、どこから手を付けてよいかわからなかった。

遺品整理の方から、「あなたにとっての思い出だけを残せばいい」と言われたことが納得できた。たとえば両親の写真でも、私の知らない人が写っているものは、故人の思い出であるけれど、私の思い出ではない。そうしたものはきっぱりと捨ててしまってもよいのだと言われ、決断がついた。

大切な親を亡くせば、後悔もあるし名残惜しさもある。でもそこで立ち止まっていることもできない。プロの方たちのアドバイスが本当に参考になった。親を看取るという避けては通れない経験を通して、私は先に進むことができた。

きょうだいがいないことで、看護から介護、その後の葬儀、遺品整理まですべてを一人でこなす負担は大きかったが、一人だからこそ自分の思いどおりにすることができたともいえる。

さて、わが家にも結婚をした一人娘がいるので、何十年か先には同じような経験をしなければならないであろう。

「そのときは、お母さんがしたようにあなたの好きにしていいよ」

娘にはそう話してある。ただ、自分自身の経験として、葬儀や墓じまいにはやはりある程度のお金はかかるから、せめてその負担はないように残してあげなければというのが、今の私が思っていることだ。

【ティー・ブレイク④】

ホッと心を癒やすミルクティーにおすすめ

多くの人に好まれる代表的な紅茶の一つに「アッサム」があります。慣れ親しんだ味は、ホッと心を癒やしてくれる、まるで家族のような穏やかさを感じさせてくれる紅茶です。

「アッサム」の魅力は、甘みとコクがあり、芳醇《ほうじゅん》な香りを持っていること。ティーカップに注ぐと、ふわりとした優しい香りが漂って、気持ちをなごませてくれます。しっかりとした味わいがあるので、ミルクとの相性がとても良く、美味しいミルクティーを飲みたいときにもぴったりです。

しっかり濃く出る紅茶なので、朝、眠気覚ましにいただく「アーリー・モーニング・ティー」としてもおすすめです。

アッサム・ティー

味わいの特徴……コクのある味わい。豊かな香り

水色……濃い赤褐色

飲み方……ミルクティー、ストレート

第5章

私のシアワセ

自立して生きるということ

結婚をして、娘を産んで、女性としては当たり前の人生を歩んでいると私は思っていた。現代とは違い、女性が結婚しても、子どもを産んでも働くのが当たり前、というような時代ではなかったから、ただ平凡に、この場所にいれば幸せになれると信じていたのだ。しかし現実には、夫とのいざこざが続き、私の結婚生活はどうしてこんなに不幸なのだろうと呪っていた。いつもいつも泣いてばかりの日々を過ごしていた。あの頃の私は、不幸という自分の殻に閉じこもって、自分を哀れんでばかりだった。それでも小さな娘がいたから、こんな姿をいつまでも見せていてはいけないと感じることはできていた。

私の自立の小さな一歩は、名古屋に住んでいたときに、小さな人形教室を開いたことだった。教室に多くの生徒さんが集まったことで、それまで私には特に秀でたこともない、何の得意なこともない平凡な主婦だと思っていたけれど、社会に認められたような気持ちがして、少しだけ自分に自信を持つことができた。

だから夫の転勤が決まり、川崎に戻れることになったときは、せっかくここまでやってきた人形教室を閉じてしまうのは惜しいとも思ったものだが、もしかしたらなにか違う自分になれるチャンスが今なのかもしれないとも感じた。

私は川崎に戻ったら、娘と二人で生きていこう、人生をもう一度やり直す覚悟を決めていた。仕事を探す中で、地元にある建築会社で採用してもらうことができ、正社員として働くようになった。おかげでそれまでの自分を取り囲んでいた不幸の殻から、飛びだす勇気と力を得られたのだ。

人生とは出会いである。私はここで出会った社長によって、自分の人生を自分のものとして生きていく勇気を与えてもらったように思う。入社した頃は、まだ従業員は10人に満たない小さな会社であったけれど、会社を大きくしていこうという熱意にあふれた社長であった。

私のような経験もなく、事情もある女性を快く迎えてくれる大きな器があった。小さなことでもすべて社員はみんな平等という意識をしっかり持っていて、些細なことではあるけれど、たとえば取引先などからお土産をもらうと必ず等分に分けていた。

これまで家では平等にされた経験がなかった私は、それだけでもとても感動し、いい会社に入れたと感謝した。

だからこの社長と一緒にがんばっていこうといつも思っていて、仕事には前向きに取り組んだ。もちろん最初はわからないことだらけだったが、本を買って読んだり、会社に出入りする税理士さんや社労士さんなどにもわからないことは何でも尋ねて、勉強した。1年ほどでほぼ会社の事務的なことはこなせるようになっていた。学び、知識を得て、仕事の効率を高めていくことができた。

そのうちに事務のすべてを一人で任されるようになり、社員の給料やパートさんのスケジュール管理、保険や税金の手続きや計算、経理も総務も含めた会社におけるほとんどの事務作業を、毎日電話番をしながらこなした。

この会社にとってなくてはならない存在となっていくことで、初めて社会の中に居場所を得ることができた。18歳で会社に入ったときの受け身で仕事をこなしていたときとは違い、働くことに喜びを感じることができるようになっていったのである。

自立とは、単にお金を稼ぐことではなく、社会にとって認められる存在になることだと思う。私は30代になってから、初めて自分が生きていることの価値を実感できるようになったのだった。

さらにこの会社との縁を強くする、もう一つの出来事があった。

入社して2年ほど経ったときに、アッくんがそれまで働いていた会社を辞めたいと言いだしたのだ。今さらとも思うのだが、自分にはこの仕事は向いていないと言う。私たちが別居をしている間に、会社でもいろいろとあったらしい。私にも責任の一端はあるのかとも思い、仕事を辞めるなと無理強いはできなかった。

その話を社長に相談すると、うちの会社で働いてはどうかと声をかけてくれたのだ。

「住宅設備の仕事をやっていたのなら、知識はあるから、うちの現場で働いてみてはどうだろう」

社長には、家のことなどで相談に乗ってもらっていたので、正直に言った。

「これまでのことがあるから、ご迷惑をかけないか心配です」

社長は笑って言った。

「俺が面倒を見るよ」

アッくんは社長に会うと、私と同様にその人柄に魅了され、ここで働きたいと言った。これまで事務系の仕事だったので、現場に足を運んでお客様たちと接する仕事に不安を感じていたようだが、外に出る仕事がしたいと前向きだった。

こうしてアッくんも2年遅れで私と同じ会社に入り、夫婦一緒に働くようになった。夫婦で同じ職場というのには最初は抵抗があったが、私は社内での事務仕事、夫はほとんど毎日現場に出て働いていたので、社内で顔を合わせることも少なく、きちんと働いていることは見て取れたので、むしろいい形で互いに仕事をすることができた。

アッくんにとっても、別居を経て反省することもあったのだろう。再び家族と向き合うことと、仕事での再出発が、人生におけるいいリセットになったのかもしれない。思った以上に前向きに、仕事に励む姿が見えた。お客様から連絡が入るとすぐに駆けつける仕事も多かったので、自分がやらなければならない、という責任感が仕事のやりがいにもつながったのだろう。

ただし、自宅にいても「いつ連絡が入るかわからない」を言い訳にして、お風呂になかなか入ろうとしない。それだけは何十年経っても、彼の変わらないところだ。これに関しては、もう諦めるしかないと腹をくくった。

努力でつかんだ私の自信

話が前後するが、夫が入社する以前から、私は一つの挑戦をはじめていた。

アッくんとの離婚を迷っていた理由に、娘の中学受験があったと書いたが、そのことでもう一つ、悩んでいることがあった。それは受験するときに、親の最終学歴を書かなければいけなかったことだ。

気にしなければそれほどのこともなかったのだと思うが、私はずっと高卒であることに満たされない思いがあった。それが父親への恨みにもなっていた。でも実は、それも自分の力でなんとかなることに気づいた。人のせいにするのではなく、自分で道を開こう。

私は働きながら、短大卒の資格をとることを目標にして、通信制の短大に進学をした。仕事の合間に勉強し、休日を利用してスクーリングに通い、34歳で無事に短大を卒業することができた。

これまでずっと自分の中でわだかまりになっていたことを、やっと少しだけ拭うことができた。それも自分の努力によって成し遂げたことが、とても大きな自信になった。行動をすること、努力をすること、学ぶことの楽しさを、私は30歳を過ぎてから知ったのである。

それからアッくんと共に仕事をしていく中で、この社長の力になって、共に会社を大きくしていきたいという思いを強く持つようになり、仕事に活かせる資格を取ろうと考えた。新しい知識を得られることにやりがいと喜びを感じ、自分はもっと成長したいと貪欲になっていた。何もしなければ変わらない。でも自分が行動を起こせば、きっと何かが変わっていく。それを信じることができたから、努力をすることに何のためらいもなかった。

社長が宅建（現在の宅地建物取引士）の資格を取るために勉強中であると聞き、それが刺激にもなった。よし、私も宅建取得を目指そうと、社長と一緒に勉強をはじめたのである。

宅建とは、土地や建物の売買などの取引をするときに生じる重要事項に関して、説明を行うことができる資格である。土地や建物の取引を行う際には必ず宅建の有資格者が必要で、不動産関連ではとても人気の高い資格だ。国家資格で難易度も高く、土地や建物に関する法律などの幅広い知識が求められる。

これまでほとんど勉強していなかった分野ではあるが、社長とともに勉強を重ねて、45歳のときに資格を取得することができた。

私は高校時代から勉強は嫌いではなかった。同じくらいの成績の同級生が大学に進学したのが当時とても悔しかった。だから再び自分の力で学び、努力し、国に認められる資格という評価を得られたときは、自分を褒めてあげたい気分になった。

短大卒の学歴のほかにも、さらに誇れるものを手にすることができたのである。

私の勉学への意欲は高まり、さらに難易度の高い二級建築士の資格にも挑戦することにした。図面を引く技術や、高校では習わないようなレベルの高い数学の知識も必要となったため、自力では難しいと思い、専門学校にも通った。そしてとうとう合格を果たすことができた。その後もいくつかの国家資格を取得した。

小さなアパートの部屋で泣いてばかりだった頃、私は良き専業主婦であるべきだという考えに捕らわれすぎて、前向きに行動していなかったことに改めて気づいた。人生はいつでもやり直せる。新しい世界を切り開くのは、自分自身なのだと知った。

人生、何があるかわからない

人生、山あり谷ありというけれど、その頃、私は若い時にたくさん苦労したのだから、これからは平穏な人生が送れるに違いないと信じていた。

夫と共に働く会社は、順調に業績を伸ばし、それぞれに会社の中でも重要な役割を担わせてもらっていた。アッくんも多くのお客様を抱えて責任ある仕事を任されて、もう中途半端なことはできなかった。昔のようなマージャン仲間もいなくなって、遊ぶ時間もなかったから、それなりに真面目に働くようになっていた。やはり環境が大事だったのだろうか。

若い頃は、会社に行かないアッくんを、いつも責めて泣いていた。でも彼の中にはそれなりの理由もあったのかもしれない。振り返ればそうとも思う。

思春期の頃はどうすればいいかわからないこともあった娘も、20歳を過ぎて社会に出て働きはじめてからは、私のいちばんの相談相手になってくれていた。私の人生、こんなものかなと、それなりに満足をしていたのである。

ところが、である。人生の転換期は、意外なところからまた訪れた。

あるとき、社長の30代になる息子が会社に入ってくることになった。社長が一代で築いた会社である。息子を跡継ぎにしたいというのは十分に理解することができた。当初は私たちも社長の意を汲んで、次期社長となるであろう息子とはうまくやろうと思っていたのだ。ところがその息子は、長くこの会社に勤務し、それなりの役割を果たしてきた〝夫婦〟が、かなり目障りであったらしい。

この業界には不慣れだった社長の息子に、アッくんも最初は面倒をみる気でいろいろとアドバイスをしていたのだが、それもまた癪《しゃく》に障ってしまったようだ。対抗意識をメラメラと燃やすようになり、風向きが怪しくなってきた。ついには事務方の私の仕事にまでいろいろと口を出すようになってきた。

さらに予想外だったのが、これまで朋友のように一緒に会社を盛り上げてきた社長が、息子の肩を持つようになってしまったことだ。以前は会社の経営に関して、私たちにいろいろと相談をしてくれていたのだが、それが一切なくなった。

人間ってこれほど変わるものなのか――。あんなに私たち夫婦に信頼を寄せてくれていた社長が、180度態度を変えて、失敗とも取れないような些細なことでも厳しく叱責してくるようになった。当時はそんな言葉はまだなかったが、今でいうパワハラというやつである。

ある日、社長のデスクの上に、新しい会社の組織図が置かれていた。隠すでもなく、自然と私の目に留まる場所だったので、ついつい見てしまうと、そこには私たち夫婦の名前がなく、そのポジションには息子と娘婿《むすめむこ》、息子が入社する際に一緒に入った友人の名前があった。もう私たちを必要としていないことを、暗に示したかったのだろう。

会社での居心地はますます悪くなり、私たちは結局、この会社にいても仕方がないと思うようになった。ついに社長に「会社側から首を切ってくれ」と言った。失業保険の受給の条件がいいという事情もあったが、それだけでなく私たちが自ら辞めるというのはとても悔しく、むしろ首にしてくれるほうが、スッキリすると考えた。

しかしそこに行き着くまでにはかなり悩んだ。娘の学費はどうにかなるとしても、まだ家のローンが残っていた。夫婦二人分の給料が、突然ストップしてしまうという恐怖は、共働きの家庭でもなかなか味わえないのではないだろうか。

信頼していた社長があのように人が変わったように冷たくなってしまったことで、人間不信にもなった。一気に奈落の底へと突き落とされた気分である。人生、まったく何があるかわからない。

今後の算段もつかぬまま、夫婦で辞めるという決断をしたときに、ただ救いであったのはこれまで仕事でお付き合いのあったお客様たちから、「それなら独立して仕事をやってみたらどうか。私たちも協力する」と声をかけられたことである。

会社と契約をしていた方の何人かが、独立するならば私たちのほうに仕事を回してくれるという話になり、私たちは水面下で準備を進めていたのだ。

そうやって十数年も夫婦でお世話になった会社とはきっぱりと縁を切り、夫婦二人の会社を立ち上げることにした。

仕事をしながら取ったいくつかの国家資格はとても役に立った。この資格があるからこそ、新会社の設立が可能となった。そう考えれば、この場所で働いてきた時間は無駄でなかった。今になって振り返れば、お給料をもらいながら私たちを成長させてくれた会社に、感謝する気持ちも少しはあるかもしれない。

この手を未来へつなげる

こうして夫婦二人で新たに会社を設立して十数年ほどが経つ。

会社を立ち上げるとき、代表者を誰にするか、という話になった。夫婦二人しかいないのだから、当初は夫のアッくんがなるべきだと考えた。ところが彼は言う。

「経理とか、経営のことをよくわかっているのはキミのほうだから、代表者になればいいじゃない。僕は実動部隊でいいよ」

そうしたところにこだわりがないのだ。建前としての、男だから、年上だからという面倒くさいプライドが彼にはないのだ。結局は私が代表者になり、アッくんは副代表というポジションに落ち着いた。もちろん肩書きなどはどうでもよくて、二人で働いて、どうにか食べていければいいのだ。これからは夫婦二人でやっていくしかない。離婚も考えた30代の頃には、こんなときが来るとは想像もしていなかったけれど……。

長年一緒にいてわかったことは、アッくんはやはり努力というものが好きではないらしい。自分の負担は少なく、マイペースで生きていければ幸せと、見栄やこだわりの少ない人だ。せっかく会社を作ったのだから大きくしたい、などと思う人でもない。だから経営者向きではないことは、何となく私もわかっていた。そういう生き方もあるのだなぁと、今なら納得することもできる。

会社の設立当初は、なかなか経営は厳しく、以前の会社からのつながりのお客様に、ずいぶんと助けていただいた。毎月決まった給料をもらう立場のありがたさも身にしみた。安定した収入が確保できず、いつローンが支払えなくなって家を追いだされてしまうかと不安を感じたこともあった。そのときは、私たち家族だけではない。二世帯住宅にした家の階下に住む両親たちも一緒に出なければならないと思うと、胃がキリキリと痛んだものである。

私自身、前の会社を出てから1年ほどは、外に出るのも辛い時期があった。そんなときにも一人で黙々と仕事をしてくれたのが夫だった。

2年目くらいになってからは、このままではいけないと自分を奮い立たせて、会社の業務に関連する集まりなどに顔を出すようになった。

そうした中で、また新たな出会いがあり、仕事の幅が広がっていった。裏切られたこともあったけれど、やはり仕事は人である。いい出会いがあれば、いいビジネスの話にもつながっていく。泣いていても、家にこもっていても、何もはじまらないことに改めて気づいた。仕事のエリアも広がり、少しずつ新規の仕事も入ってきて、経営が安定するまでには会社を興してから5年ほどの時間が経っていた。

立ち上げからお世話になっている税理士さんからは、当初「とにかく3年、がんばりましょう」と言われたものが、おかげさまで10年以上も続いている。

そして5年ほど前、娘が一緒に仕事をしたいと言いだした。別の仕事に就いていたが、私たちの仕事を見て興味を持ったようだった。

ちょうどその頃、国家資格を持っていたほうがいいと私が夫に勧めていたこともあり、夫は娘と一緒に勉強をはじめた。結果的に2カ月程勉強をして、娘は合格し、夫は不合格であった。すると夫はもういいと投げだして、勉強をするのをやめてしまった。いつもこういう人なのである。挑戦も、やめてしまえば挫折になる。けれど結果を出すまで努力を続ければ、必ず実を結ぶことができる。私はどんなに苦しくても、最後に笑える結果を出せる生き方をしたいと思っている。アッくんは、私と娘に「挫折」と言われても知らんぷりだ。

この話を税理士さんに話すと、こう言われた。

「年上の旦那さんが資格を取っても、会社としてはそれほど大きな変化はないけど、娘さんが資格を取れば次の世代につなげることができる。むしろ良かったのではないですか」

確かに会社として考えれば、私たちが築いた実績をいつかバトンタッチするのは、子どもである。この会社が次の世代へとつながっていく可能性が開けたことを今は素直に喜びたい。

そう考えれば、以前いた会社の社長も、やはりつながることにこだわった、親心と経営者としての考えがあったからこその変貌だったのかもしれない。時間を経て、今さらながらにその気持ちに触れる思いもした。

娘はいつも私の側にいた。アパートの部屋で泣いているときには、ティッシュを持ってきて涙を拭ってくれた。大学を卒業してからは、お互いに働く女性同士としての悩みを話し合った。そして今、仕事のパートナーとしての関係を築きはじめ、若さもあって私とはまた異なる視点から、ときには意見がぶつかることもあるけれど、いろいろとアドバイスをしてくれることもある。いい関係が築けているのは本当に幸せだ。

まだまだ小さい会社のトップとして、これからも自分にできることにどんどんチャレンジしていきたい。人は変わる、変われるということを、これからも示せる人生を歩みたいと思っている。

【ティー・ブレイク⑤】

紅茶の深みを感じる二番摘みならではの味わい

日本では5月は新茶の季節。そして二番茶、三番茶と続きます。インドのヒマラヤ山麓で栽培されている「ダージリン」も年に3回の収穫時期があり、その二番摘みの紅茶を「ダージリン・セカンドフラッシュ」と呼びます。一番摘みのような新鮮な若々しさはありませんが、時を経た分だけ、味やコクが増すのが特徴です。

紅茶でも、人でも、やっぱり深みが増すといい味が出るんです！　そんな「ダージリン・セカンドフラッシュ」は、私の大好きな紅茶の一つです。

マスカテル・フレーバーと呼ばれる華やかな香りも魅力。ちょっと贅沢な気分で、お気に入りのスイーツを添えて「アフタヌーン・ティー」を楽しんではいかがでしょうか。

ダージリン・セカンドフラッシュ・ティー

味わいの特徴……しっかりとしたコクと香り

水色……やや濃いめのオレンジ色

飲み方……ストレート

おわりに

２０１８年10月。娘に待望の長男が生まれた。とても大きく元気な赤ちゃんだ。

娘は結婚後も私たち夫婦と同居していたので、少しずつ大きくなるお腹を見守ることができた。そして久しぶりに得られた娘との時間の中で、私が娘を身ごもった頃のこと、子育て中のこと、さらに夫婦の間のことや、夫と私の家のこと、仕事のことなど、私のこれまでの生き方も含めて、さまざまな話をした。

すると娘はこう言った。

「お母さんの経験は半端ないから、私だけでなく今の女性たちにも知ってもらえたら、きっとみんな少しは安心すると思うよ。だから本に残したらいいんじゃない」

その言葉がこの本を書くきっかけになった。

この本に綴ったのは、私が20歳で結婚してから、現在に至るまでの人生だ。たった一人の、私だけの人生。そこには他の人には味わえない苦労があったと思っていた。でも娘の言葉を聞き、振り返って考えてみれば、これは多くの女性に共通する悩みにもつながっているのではないかとも感じられる。

夫との不調和、いさかい。

義母との軋轢《あつれき》。

一人で子育てを担うことの大変さ。

老いていく親を支える子としての役割。

社会で働くということ。

どれも現代に生きる女性にとって、人生に巡りくる経験に違いない。

私がそのときどう思って、どのように悩んだか――。何が辛く、何が救いになったのか――。それを正直に文章に写すことで、少しでも多くの女性に、勇気と元気を与えられたらと思う。


さて、この本を書くにあたって、もう一人の主人公ともいえる夫のアッくんには、事前に「あなたのすべてを明らかにしていいか」と尋ねてみた。すると「事実だから、仕方がないよね」と、意外とスムーズに、承諾を得ることができた。しかし私が何を書くのかと、心中は穏やかではなかったであろう。

真夏の暑い盛りを経て、出版社に送った原稿が、本に近い体裁のゲラという形で我が家に届いた日のことだ。急ぎの仕事があった私は、「もうすぐ本になるよ」とアッくんに声をかけ、リビングにゲラの封筒をそのまま置いて出かけた。

家に帰ると娘が私にそっと耳打ちをした。

「お父さん、原稿を読んで泣いてたよ」

なんとアッくんは、ティッシュではなをすすりながら、私が置いていった原稿を読んだらしい。私は娘から話を聞いていないフリをして、何気なく夫に感想を尋ねてみた。

「今までこんなにあなたに苦労をさせていたかと思うと、とても申し訳ない気持ちになって、涙が出てきた」と、正直な思いを話してくれた。

屁理屈の一つでも出てくるかと思ったが、案外素直な感想で、とても驚いた。

夫は今回、大きなお腹を抱えてギリギリまで仕事をしていた娘の姿を目の前で見て、妊娠・出産の大変さがやっとわかったようである。女性の体の神秘も知っただろう。

やはり彼も歳月とともに変わったのだ。今では孫のためにミルクを作って飲ませてくれるおじいちゃんだ。

今、母恋しくて泣き声を上げる赤ちゃんを優しく抱き上げる娘にも、まだまだこれから多くの試練が待ち受けているのかもしれない。それでも母であることが、生きる強さを与えてくれるだろう。

生きるということには苦労も多いけれど、泣いてばかりいては何も解決しない。状況を理解し受け止め共感し、信頼できる人がいてくれることは、とても重要だと思う。そして自分がわからないことについては、各分野の専門家や経験者のアドバイスが参考になる。でも最終判断をするのは自分自身。だから自分でもある程度の勉強や努力が当然必要だ。自ら学べば、視野が広がり、方向性がぼんやり見えてくる。自分が変わり、自分が行動することで、きっとチャンスは巡りくる。そしてきっと笑顔がつかめるはず。それが私からのメッセージだ。

女性に生まれてよかったと、今は心から思っている。娘、妻、母、さらにこれからはグランマとしても、たくさんの〝私〟をもっと謳歌していきたいと思う。

出版にあたり、文芸社の皆さんのご尽力に大変感謝しています。そしてミエコさん、キクチ、ジュンちゃん、セイちゃん、いつも私の気持ちを受け止め、共感してくれてありがとう。

この本を最後まで読んでくださった皆さんも、あなたの人生が笑顔にあふれますようにと、エールを送ります！

一糸　一代

２０１８年10月

著者プロフィール

一糸 一代（いと いよ）

機械メーカーでの事務職を経て結婚を機に寿退社。
その後、自宅で創作人形教室を開設。
短大卒業後、宅地建物取引士、二級建築士等々の国家資格を取得。
また、ティーコーディネーターの資格も所持。
神奈川県出身、在住。

女子人生のエッセンス

2019年4月15日　初版第1刷発行

著　者　一糸 一代
発行者　瓜谷 綱延
発行所　株式会社文芸社
〒160-0022　東京都新宿区新宿1－10－1
電話　03-5369-3060（代表）
03-5369-2299（販売）

印刷所　株式会社フクイン

ISBN978-4-286-20102-3